心弦豪素

张洪源 著

中国财富出版社有限公司

图书在版编目（CIP）数据

心弦豪素／张洪源著．—北京：中国财富出版社有限公司，2021.11

ISBN 978－7－5047－7583－2

Ⅰ.①心…　Ⅱ.①张…　Ⅲ.①中国文学—当代文学—作品综合集　Ⅳ.①I217.1

中国版本图书馆 CIP 数据核字（2021）第 232140 号

策划编辑　宋　宇　　**责任编辑**　邢有涛　刘静雯

责任印制　梁　凡　　**责任校对**　卓闪闪　　**责任发行**　黄旭亮

出版发行　中国财富出版社有限公司

社　　址　北京市丰台区南四环西路 188 号 5 区 20 楼　　**邮政编码**　100070

电　　话　010－52227588 转 2098（发行部）　010－52227588 转 321（总编室）

010－52227566（24 小时读者服务）　010－52227588 转 305（质检部）

网　　址　http：//www.cfpress.com.cn　**排　　版**　宝蕾元

经　　销　新华书店　**印　　刷**　宝蕾元仁浩（天津）印刷有限公司

书　　号　ISBN 978－7－5047－7583－2/I・0333

开　　本　710mm×1000mm　1/16　**版　　次**　2022 年 1 月第 1 版

印　　张　17.5　**印　　次**　2022 年 1 月第 1 次印刷

字　　数　204 千字　**定　　价**　58.00 元

随悟随写，随以成篇。勤于智慧，智于勤奋；勤于随笔中研究，智于研究中随笔。师造化中得滋养，启心源而成文章。心随笔运，笔随心运，心笔同运，文载心弦。笔中遁意，文里鉴心。

序言

自小至今，我锲而不舍、精益求精，追求而不强求、顺其自然地做着一件事——艺术创作。领悟其纲纪，揣摩其内涵。艺术不是空谈的玄学，而是手艺和文化撑起的大道峰峦。一名艺术家，既要具备匠人赖以生存的技艺和手段，亦要具备深厚的文化修养和底蕴，更要有流淌在血脉中的对艺术的执着和坚守。我从来没有把自己当成所谓的“大家”，无非是一位通过艺术创作来表达自我感受的普通人而已。我虽然没有什么大的野心，但对艺术及文学创作却有着愿意耗费一生精力去践行的坚韧。无论尘世如何变幻，这种藏于内心的坚守从来没有消失过！

目录

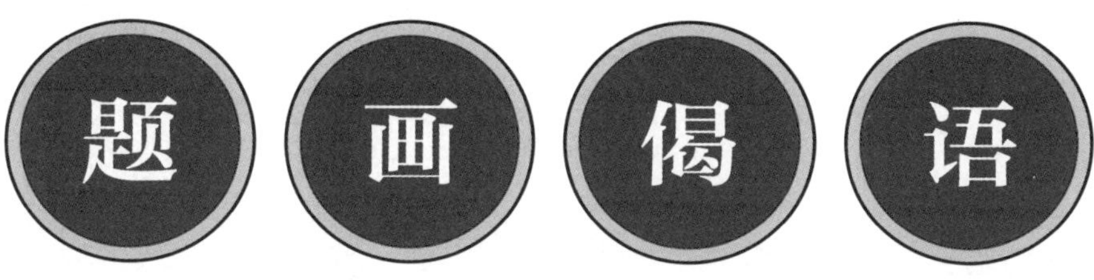
题画偈语

1／日用是道

日用是道万般通，
一念万劫遍虚空。
荡然虚静本湛然，
不居内外不居中。

2／心弦

琴本无声指无声，
琴声皆赖成心成。
流水无弦亦无意，
更奏天籁与君听。

3／地笔天书

平湖莲花苞尖尖，
谁执朱笔点青天？
空写天下无字书，
身出污泥而不染。

4／指月

智人遥指天上月，
是为迷人解心惑。
莫把指头当月亮，
明心见性是真诀。

5／师造化

常居溪山度清时，

青崖苍松是吾师。
触目菩提处处道，
既有词来亦有诗。

6／人生若棋

人生若棋一局残，
皆若棋子落棋盘。
是非成败无定论，
只因输赢下不完。

7／无执

谁人无有芳春兴，
入定修观求心清。
若能对境不生心，
修何禅定点心灯！

8／花水两忘

春风拂过花飞天，
任它而去落幽泉。
流水浮花涵青影，
花水两忘过青川。

9／雪悟二首

雪花落水水中水，
冰上落雪雪不飞
上下雪水看不同，
水雪雪水谁是谁？

远眺旷野覆白雪，
相如丽赋难分别。
本是同性天下人，
心造识变殊障业。

10／天籁

山泉夜鸣疑是雨，
朝流荷塘无半语。
暮间山中许多声，
本非成心奏成曲。

11／偷闲

远离红尘觅静空，
抛弃世情道情通。
荡然虚静青冥里，
不管东西南北中。

12／守真

山泉飞来不见根，
云雾朦胧不见身。
常住山野觅清闲，
心离凡尘悟道真。

13／雨后秋湖

朝来细雨涤秋清，
夜划小舟水中行。
雨过云凝风沉远，
平湖水涨月华升。

14／水鉴无波

清泉小溪入平湖，
倒影岸柳几株疏。
风静水鉴不荡波，
风来浪起是凡夫。

15／夜舟行

夜静水岸蛐蛐声，
月下小舟徐徐行。
轻漂如叶临曲岸，
远望水中舟上灯。

16／心画

雨后山中生轻雾，
数峰如画云上浮。
无笔无墨空中生，
天悬素笔点新图。

17／秋月

年年秋月人尽望，
不知秋思落何乡。
多少相思看秋月，
秋月无心思无疆。

18／闲者

白云相迎入山中，

不问东西南北中。
远离城中那多事，
无喜无忧无尘红。

19／春山闲居

不觉春来满山花，
翠草碧水临我家。
微风徐来暖草堂，
闲煮山泉泡清茶。

20／秋水

无风无云碧空净，
霜打秋江澄似镜。
倒影岸边三秋色，
上下天光碧万顷。

21／野风

闲来山野事事休，
草堂青灯别无求。
山泉清茶展画卷，
不是风流亦风流。

22／随风顺意

春夜忽然疾风起，
不知花落知多几。
任它而去且不管，
抛弃闲愁见欢喜。

23/早春

早春二月多芳草，
远离闹市游野郊。
碧水岸边是疏林，
处处可见春枝俏。

24/居山无心

远离红尘入深山，
想逃世烦寻平安。
本来清净不需修，
净莲出污不受染。

25/听泉

春风送暖自有期，
竹密林暗不通日。
闲坐林边听风声，
空山落泉疑是雨。

26/莫问是非

远望青崖倚碧空，
白云如絮挂苍松。
闲来青山看野水，
山间小路向何通？

27/心曲

风摇青竹声似雨，

泉泻红岩音如琴。
闲来泉边弹心曲，
心生曲来曲生心。

28／望月

岸上杨柳水中舟，
举头望空月如钩。
人性本净如明月，
抛弃烦恼万事休。

29／随性二首

白云飘飘非有意，
流水潺潺本无心。
心意若能如云水，
人生处处是暖春。

秋叶飘落满天飞，
心静两忘切不追。
草阶老路曾新步，
云淡空碧本无为。

30／齐月

碧空高挂菩提月，
映照万物敷白雪。
相如丽赋月色下，
洁白无瑕无分别。

31／山中

身居山中不识山，
睫毛眼前视不见。
山里山外何面目，
无相无状无法面。

32／觅心

明月徐徐上柳梢，
平湖万顷无波涛。
忽来渔歌惊飞雁，
不知何处是落巢。

33／归静几道

湖平如练静无波，
忽而秋风湖上过。
一波起来万波随，
达观万波无一波。

34／前缘

林间曲径道人稀，
不约相见是缘奇。
百年才修同船渡，
何年修来林下者？

35／雪后

朦胧雪花空密飘，

透疏望景无远眺。
云开雾散日笑脸，
尽观山河层层迢。

36／天形自然

东峦圆来西峰尖，
下溪流来上涧泉。
白云如须拥苍翠，
碧纱笼素若洞天。

37／花开时节

春来山中积雪消，
山花野花飞红飘。
谷暖涧流泉声远，
林幽鸟语花枝俏。

38／春曲

春来飞红逐流水，
暖阳花香爽心扉。
闲坐石上抚古琴，
山花生曲惊鸟飞。

39／莫问人生

秋来野山看碧水，
人生春秋几多回。
渔人江中月上行，
樵夫山里日下归。

40/云山开雾

云雾缭绕拥苍山，
只闻泉声不见川。
雾散云开峰顶出，
半山云下落涧泉。

41/追月

不问浮云不问花，
清风无处不生涯。
荡然虚静青冥里，
碧空明月是谁家？

42/随山顺水

山水无意有知音，
行坐荣枯不留心。
高禅何处不了义，
随山顺水放自任。

43/物性

山花清香生青华，
绿叶清风见新芽。
曲水随岸不问路，
东流大海是生涯。

44/虚空

见山见水见青松，

日暮西边朝出东。
虚空不居生养情，
能所俱泯虚幻中。

45／道空无身

无来无去无迹踪，
不居内外不居中。
山花野草本自然，
光明透出万象空。

46／鹤鸣

闲居茅堂坐青山，
清清闲闲若神仙。
风动疏林疑秋雨，
一声鹤鸣啸长天。

47／风动秋月

云遮明月夜未晴，
风来云月浅处明。
拂动秋叶声若瑟，
月静云动随风行。

48／孟秋月夜

平湖荷叶润露翠，
月下花瓣见粉微。
欸乃远来夜空外，
湖岸哪家人夜归？

49／梨花飘雪

触目无不悦兴怀，
满园游人看花开。
忽而一阵轻风过，
误认冬雪飘春来。

50／梨园偶遇

一岸素纱冷晴河，
碧水蓝天浮白鹅。
闲来园中看梨花，
偶闻去年伊人歌。

51／春之相约

仲春时节常细雨，
远眺野岸生翠绿。
徐风轻动约人来，
不图春色只顾渠。

52／真情无言

东西南北人情间，
两相不约常思漫。
相对却无一事说，
时下无语隐千言。

53／碧潭飞花

梨花枝头玉盘升，

碧潭无风若鉴清。
飞瓣一片水中落，
泛起涟漪散月明。

54／大河堂二首

常居书斋自静闲，
心如止水怀若川。
大河堂里转化钩，
诗书画印法自然。

绿山甘泉和风水，
粉墙黛瓦立雅楼。
红尘烦事不扰心，
净几明窗映月钩。
幽兰修竹和忘机，
亭榭书阁环碧流。
闲云野鹤共清闲，
院外小园素青收。

55／春来春去

风光人柳新雨中，
残雪飘梅旧寒终。
烟迷碧树花月去，
水送落花绿杨浓。

56／送春

池塘觉醒飞絮腾，
风雨随归落花行。
流莺有恨远别去，
野水无言相催生。

57／春雨四首

一川花气桃浪欣，
两岸柳烟梨花新。
桃红三尺如膏艳，
鸭绿一湾无声云。

烟湿添柳轻红软，
水生催花积翠田。
布泽润物江山霁，
知时湿蕉草木安。

春雨细丝能验风，
桃花借暖艳红生。
和风柳絮先草绿，
春光明媚好风情。

岸边柳丝见微绿，
河里薄冰含春趣。
暖来冰融生癸水，
润物无声禾苗出。

58／莫自扰二首

世间本无是非事，
皆因庸人自扰之。
心造识变随自然，
缘何烦恼困汝思。

昨有阳光今有雨，
明有狂风后月出。
莫听稗官说闲事，
日日好日日日舒。

59／赏梨花

万株梨树五龙边，
千里春风一夜间。
晴日园中赏梨花，
触目多姿共争艳。

60／水鉴

天影山光云霞淡，
静水无意鉴随变。
水影和合两相忘，
共度轻吟诗意漫。

61／三月莱阳

春风徐徐弄轻柔，
横斜绽放尽自由。

三月莱阳五龙河，
梨花朵朵满汀洲。

62／流应曲岸

流应曲岸生清溪，
远眺鸭绿自忘机。
山水云间有禅意，
中得心源无凡迷。

63／本来无事二首

眼中无尘千般美，
心中简单万事对。
若能清净无憎爱，
定见人生大智慧。

是非天天身边生，
莫挂心头切不听。
但求心静不思境，
身离凡尘心入圣。

64／不问名利

名利路上多熙攘，
闲静门中少清凉。
古今多少英豪血，
洒在名利争斗上。

65／别有洞天

大块载我天地间，
常烦尘劳伴身边。
放下名利那些事，
舍去大千见洞天。

66／禅修本性

亦无玄妙亦无花，
本来清净是自家。
一片湛然见真如，
善护一念若品茶。

67／溪山静居

房前溪流屋后山，
半山牧云空旷间。
山泉野果来待客，
远离闹市得清闲。

68／夜游溪山

一溪清碧月弯环，
幽泉明月各自闲。
缘念佳人闺中等，
催遣松风送我还。

69／清荷

碧水涟漪荡清闲，

啼鸟一声花叶间。
花叶年年来相会，
归去行常在无言。

70／秋雨三首

一声两声雨点叮，
两片三片落叶声。
闲居共对品秋茗，
不问红尘在清宁。

窗外秋雨声，
室内柔翰情。
倾诉梦中人，
禅笔有心生。

凉秋夜眠时朗宵，
无常疏雨滴芭蕉。
枕中雨声惊幽梦，
门外清河涨夜潮。

71／秋山写生

云阶曲径把山登，
俯瞰丘壑峰峦岭。
攘臂挥毫写清秋，
笔下随心生万境。

72／心不可得

过去过去过去了，
现在现在过去歌。
未来未来若流水，
心不可得随长河。

73／问春二首

落花任从逐流泉，
柳絮无意随风帆。
花红柳绿无私情，
冬去春来何后先。

年年二三月，
枝枝皆带春。
不问亦分明，
花落知浅深。

74／孟春三首

风消积雪醉草梦，
月动游尘眠柳风。
井生新烟暖阳气，
花开宿雨和风静。

不知昨夜几时雨，
朝来忽见草色绿。

又见孟春好时节，
天晴日出草色去。

轻粉映润淡红翡，
隐绿远见近无翠。
不晓冬寒何时去，
春来春去不约谁！

75／仲春

风回解冻冰涣源，
岁适载华云滋田。
花变新红飞鸟忙，
水成嫩碧游鱼闲。

76／季春四首

落花无言红雨飘，
芳草有情翠烟遥。
节逢三月疏雨下，
春去七分淡云霄。

微风徐来时雨滋，
桃花绽放两三枝。
古今多少风骚客，
点兹画境和词诗。

远望小苗绿一片，

近观却无一株见。
不知何期出蓬蒿，
随机自成凌云天。

轻风带微雨，
柳绿花飞去。
光阴弹指间，
来年春再聚。

77／溪山茅庐

山间茅庐好气候，
依岩傍水兰竹幽。
周临野花常新香，
院外门前清水流。

78／问真

卧看花落与花开，
咸问自己何处来？
如露若电皆虚幻，
无来无去不需猜。

79／何日卿再来

昨夜春风起窗边，
浓睡梦花舞天仙。
粉瓣已随流水去，
绿肥红瘦送客船。

80／惜春

一丝青绿水上飞，
四面风暖春欲归。
落花点水起思绪，
无言何须藏心扉。

81／观物

一溪杨柳翠碧湾，
化生有序各自然。
人生到处知何似？
花开花落仍推迁。

82／超逸清雅

入无言语出无辞，
起生发心自为师。
承回胸意运共唱，
合载云旗随天资。

83／人生几何

大江东去水长流，
英雄一去不回头。
万里江山依旧在，
人生却无几千秋。

84／月夜行舟

无波顷碧一扁舟，

空载月明行自由。
名利身心无住处，
闲来清静随云游。

85／静山幽居二首

山涧幽泉识道心，
远离红尘富不贫。
明月清风不用钱，
紫烟红霞日日新。

日月升沉本自然，
白云来去随清闲。
门前小溪玉带水，
房后修竹和青山。

86／寒山春游

孟春闲游入山中，
满山绿翠唯青松。
山中清寒透彻骨，
不见霜雪不见风。

87／疏林二首

疏林树下有青阴，
杨柳不同影两分。
微风轻拂摇碧绿，
幽中仿闻调素琴。

悦耳动魂生清音，
天籁朴真识道心。
林中闲听千古乐，
忘了人世有升沉。

88／暮春

花落春雨过，
草绿满山坡。
微风拂疏林，
田野彩蝶多。

89／溪山草堂

无尘禅心似月明，
真香清茗和琴声。
半枕松风听幽泉，
草堂闲静有云朋。

90／雨中悟道

东风拂面余是谁？
淡雨湿衣凉霏霏。
暖寒燥湿有识别，
心空是非修自为。

91／悟道图

禅林漫步行江湖，
求法寻真离迷途。
人生大梦谁先觉？
绿水青山有道图。

92／禅林漫步

大千一粟莫执心，
万法归一合识门。
何处觅心安哪处？
放下执着漫禅林。

93／觅真

世上何处觅真人？
花开花落又春分。
自从一见桃花后，
彻悟自然随真心。

94／翠岭夜色

翠岭云影夜空间，
幽泉鸣谷和心弦。
岩风入座凭栏意，
月色透松观大千。

95／月夜

夜静风已湖面平，
两钩无心见互应。
忽来微风吹叶落，
鉴上涟漪散月明。

96／春又春

春来春去春又春，
花开花落几度新。
而今又逢花开时，
不见去年赏花人。

97／眠前

子夜灯熄雅室静，
月下秋千和清宁。
枕梦一段风流事，
只倾佳人独自听。

98／归朴

赤橙黄绿青蓝紫，
满目缤纷入闹市。
试问卿心何处去？
六兄七弟向八指。

99／心客

半山睹牧白云飞，
溪边曲径断青翠。
遥望蜿蜒虚天际，
不知心客何日归？

100／真风流

心处大道万般休，

咸顺自然不强求。
常伴香茗展画卷，
不问红尘真风流。

101／雨后翠林

雨后翠林映山青，
色调同类度分明。
远望静潭生影图，
绿水碧鉴木华清。

102／枫映晚霞

傍晚枫林共霞云，
当思撷芳觅佳人。
若将此心修佛道，
不问枫霞归净心。

103／山风

茅庐独坐静无言，
风箫声动有无间。
莫问风吹落叶处，
心神清净本自然。

104／秋湖鉴悟

静秋无扰水面平，
岸边疏柳垂丝轻。
晨叶浓露挂不住，
滴破平湖一鉴清。

105/水月两忘

远望平湖鉴心月，
水净盘明启性觉。
两相投抱不往来，
疏亲两忘真高洁。

106/云峰

白云如絮拥苍峻，
浓淡自然生清韵。
远望一片丹青墨，
峰松萧瑟翠身隐。

107/雨后二首

季春细雨把花打，
雨后老枝生新芽。
人生青春不再来，
修善心性立青华。

昨夜雨后山青翠，
漫步溪边看新水。
夏闷小憩随雨去，
恰似秋意爽心扉。

108/山居

门前有田不栽花，
屋后青山采青茶。

两边修竹垂晓露，
翠微深处是俺家。

109／塘鉴

白昼常共白云洁，
夜来无语和明月。
不问洗砚墨香处，
澹然自忘见性觉。

110／茅庐

山中一茅庐，
盈室满清闲。
不问窗外事，
倾卧伴云眠。

111／映山红

春来时节处处花，
更有漫红映山崖。
闲来山中纳高阳，
不问红艳觅真家。

112／夜宫

檐牙清高啄碧空，
一钩新月挂当中。
月下清影如虚剪，
恰似梦里修道宫。

113／修自身

行住坐卧随时修，
真到彼岸不恋舟。
莫执虚假添新愁，
心无所住应清流。

114／山水叠嶂时空一如

无来无去无迹踪，
无相无状无始终。
山花野草本自然，
光明透出万象空。

115／醒梦

窗外红尘音，
房内清静心。
一切皆是梦，
觉后无一闻。

116／画境

终日寻境不见境，
曲水侧峰横成岭。
想来思去见哪般，
心造识变求上乘。

117／禅悟

一通百通万般通，

大千无非针一孔。
若能参悟此中理，
清风过林月行空。

118/山水清静

静峰翠峦行白云，
清泉曲流漱山根。
要问水山哪个动，
时在仁者起动心。

119/画室

闲云野鹤小桥松，
粉墙黛瓦柳杨丛。
更是幽兰拥翠竹，
高节云梢扶碧空。

120/中秋望月

把酒举头向天河，
千杯美酒千杯月。
此时明月人尽望，
不知秋思落何座？

121/中秋月五首

一株清影丹桂芳，
万古秋香素娥妆。
千里飞光江河美，
十方圆明盛世祥。

九霄清静生高华，
共望明月升海涯。
无憎无爱本自然，
不曾公私照一家。

月印清素杯杯满，
风飘浓香心心念。
今夜思情何处落？
掷与嫦娥把信传。

皓彩同普今宵宾，
千杯清素万般心。
把盏举头望星空，
不知秋月为哪亲？

中秋好佳节，
夜空净无遮。
明月当空挂，
景明疑未夜。

122／梨园春色

满院梨花朵多繁，
欲寻那枝在哪闲？
不是春风不拂尔，
只因汝枝傲雪寒。

123/虚幻

空花水月不可得，
只有自性见真性。
月落水潭镜中相，
真性切切见真影。

124/起念

水平如鉴行轻帆，
风中渔歌唱不断。
满镜春光留不住，
风起涟漪荡虚幻。

125/花人自然

春里闲行见落花，
心生酸楚莫怨丫。
来年花有重开日，
却无青春再他她。

126/知己在心不在人

往古来今话人心，
世间憎爱表情深。
莫言今日无知己，
只有清风做故人。

127/师徒

咸称同学负笈集，

从授春秋袪衣习。
诗云栋梁唯诺师，
语曰青蓝步趋吉。

128／明月

今月是古月，
今人非古人。
古今似流水，
古今共此月。

129／写生感悟

山觑水来水觑山，
水山不二共碧天。
景是画来画是景，
非景非画非自见。

130／心声

琴上无声指无声，
谁拨琴弦奏曲鸣？
若让木人来抚琴，
纵经百劫曲不成。

131／山水共唱

远望山上山，
近观山对山。
哪山是真山？
哪山是假山？

132/长情

两心常隐不言思，
只缘相后各门知。
虽不朝暮常厮守，
却是真情久长时。

133/立夏

东风今夜花影远，
芳草明年柳条鲜。
早荷心卷红甜蜜，
高柳影舒翠翡恋。

134/幻境

世上有仙客，
壶中有洞天。
一微尔不知，
众微乃实见。
其凡惑不见，
不见中亦见。
一微中众微，
众微中一微。

135/品行

无偏无正磊落人，
不激不随忠贞门。
泠然善行梅品言，

主义行德居真君。

136／童心真品

童心可以恃百人，
成心不可恃一君。
若能弃成复本童，
处卑辅集群仙臣。

137／花开自然

君问花开几时落，
莫挂心头任渠过。
花开花落皆自然，
不恃人意问几多。

138／不言中

共天共地不共室，
同心同意亦同隅。
天下多少有情人，
异乡同梦存知己。

139／作画三首

心生七彩处处仙，
不问神笔落哪边。
随类赋彩不为画，
只求悦人心喜念。

前后有顾忌，

左右皆逢源。
上下有思想，
纵横有无间。

画生心来心生画，
心画不二本自家。
酸甜俗味莫入格，
形色韵律见清华。

140／修身

有善有恶心之动，
无善无恶性之本。
知善知恶识之变，
为善去恶修之身。

141／夏林

暖阳生发满山翠，
夏荫遮掩山人醉。
吊床轻摇眠里笑，
大梦醒后曾几谁？

142／读《道德经》感悟

上下五千言无为，
前后八一诠柔弱。
纵横一二明道德，
左右三千载善行。

143/读《易传》感悟

刚日读经体大道，
柔日读史悟人生。
刚柔动静天地间，
类聚群分见同声。

144/本来相如二首

闲坐书房读经典，
辞章有长亦有短。
本是丹青同道人，
缘何殊情当惘然？

本来无贵亦无贱，
贵贱起因心界汉。
卑高以陈贵贱位，
远近疏亲生恶善。

145/秋林漫步

年年落叶铺幽路，
踏若云棉出神足。
不请旧情上心头，
叶下老路曾新步。

146/无事无非

是非只在有无间，

有无本来不落边。
不执世间那多事，
光明透出满人间。

147／过客

人生若在雪中行，
雪中偶然留足程。
待到云开日出时，
雪融迹消大梦醒。

148／心画画心

心生画来画生心，
心画不二属同根。
若能探赜悟其理，
心生画图参禅真。

149／夏雨省梦

仲夏细雨续夜宁，
柔和微风断朝梦。
梦中明明有六趣，
觉后空空无一境。

150／子夜幽梦

子夜暖灯生朦胧，
典雅轻柔推粉红。
不在灯火阑珊处，
恰似清碧发芙蓉。

151／元宵节

千门月朗夜风闲，
一夜花开春满园。
月惟中气照夜明，
日则上元迎春安。

152／云窗月帐

三秋佳节月帐楼，
七夕良辰云阶候。
姮娥随月夜夜心，
织女逐星眠眠愁。

153／咏徒

拜师学艺求心灯，
旦暮挥毫研丹青。
余心正与徒相似，
只待国展及第登。

154／乡情

小时踏上求学路，
离家在外行生途。
桑梓相逢应不识，
已是满颔白髭须。

155／惜缘二首

茫茫人海唯倾汝，

缘何这般情真许？
千百万劫当连枝，
来世卿不识今余。

人若义薄情何长？
孰敢与尔倾心房。
莫把易得等闲看，
真心方可破风浪。
熙熙攘攘皆过客，
相逢缘在前世上。
何世再遇万劫缘，
惜今方成人中王。

156/真二首

依稀影窗华，
入眼未见真。
琴声虽不远，
入耳未进心。

本来平常事，
并非等闲人。
此墙何时泯？
相如一同亲。

157/词圣之境四首

晏殊柳永辛弃疾，

北宋南宋词彩奇。
蝶恋花牌填心境，
千古流芳永传世。

昨夜西风凋碧树，
登楼独望天涯路。
欲寄彩笺兼尺素，
山长水阔知何处？

伫倚危楼把酒醉，
强乐独饮更无味。
衣带渐宽终不悔，
为伊消得人憔悴。

元宵月夜赏灯舞，
三千佳丽觅当初。
蓦然回首恍惚里，
她在灯火阑珊处。

158／追云逐月

雨后白云挂天际，
晚来云散空透碧。
笛声唤起酒眠客，
弯月飞来挂林隙。

159/荣宝斋

百年老店荣宝斋，
艺坛丛林撷英才。
大墨涅槃生翘楚，
与时俱化展未来。

160/两忘

风摇竹影扫落尘，
落尘依旧不动身。
月映碧潭穿水过，
清澈见底不留痕。

161/龙门秋艳

石门行雨崖枫红，
碧潭乘云路菊荣。
山寺诵经云霞里，
幽谷鸣泉风月中。

162/择新路

进难退难无所难，
别有新路在旁边。
换位思考觅正向，
却能他乡见洞天。

163/立秋

澹日天改夏色绿，
清风草静翻燕扑。
幽林木动秋声寒，
碧潭波澄露鱼出。

164/立春

寒收北陆迎暖春，
气变东郊透寒津。
风消积雪剪彩丽，
月动游尘缕银金。

165/翡翠

千锤万凿出缅山，
绿正红雅紫色艳。
随性众生雕琢意，
愿留七彩与人间。

166/嵯峨樱珠

峰峦叠嶂千岩珑，
花石广溪一径通。
俯视满山崖蜜紫，
上为崖树蜡珠红。

167/慈母

淑训恩养不居功，

慈颜抚字教子忠。
圣善身心立模范，
明贤仁恕见圣容。

168／论泼彩二首

泼彩偶然生必然，
调整必然融其间。
索微格物通理法，
探赜博大动心弦。

冒盖统一墨彩全，
和谐圆融立景观。
豁然胸中荡虚静，
贯通古今见大千。

169／论画八首

外师造化得心源，
天赋妙悟纳百川。
欲立作品几百年，
千年之后云何宣。

张萱周昉承恺之，
范宽李唐立分支。
江山代有才人出，
各领风骚成宗师。

不拘一格有专攻，
攘笔画坛漫雌雄。
摹古承统何为本，
都说自己是正宗。

入门不明学花花，
研今摹古会画画。
博览群书化画心，
出入佛道神画化。

小时学画师为范，
长大方知需自见。
天生我材必有用，
神品在我亦在天。

工笔写意皆精通，
心生情调见其中。
笔墨情趣一点点，
何承思绪入万重。

江山风月无主公，
闲者山水看飞鸿。
春有百花赔笑脸，
秋水长天一色同。

画创无穷心未空，
色调高雅笔调工。
山水人物和花鸟，
自嘲贪画心太浓。

170／本性

慈母生吾身，
吾心随天性。
余母亦有母，
母母皆有母。
谁是第一母？
因循归佛道。
人殊性不殊，
同性于佛道。

171／观自在

静坐深思往日过，
忙中偷闲随心和。
任吾意中无杂境，
不问名利遣烦波。
身上白云挂朵多，
眼中沧海目几罗。
不闻庸人逆行意，
腾云驾雾游自我。

172/解梦者

风吹过静下，
付春水落花。
醒幽梦春眠，
不言语佳话。

173/客座蒙山

天南地北荡幻身，
不知何处是本根？
江山风月无常主，
闲来蒙山客主人。

174/空船悟三首

方舟共济河中行，
虚船无舵触舟渡。
舟上虽有惼心人，
只因船虚而不怒。

若是有人立船上，
定是呼怨太可恶。
一二呼过无闻应，
三呼必定怒气竖。

向来是虚今亦实，
本应不怒今亦怒。

若能虚己以游世，
无事无扰大彻悟！

175/蒙山雾雨

细雨重碧树，
轻纱笼岩竹。
相逢共客此，
山中不知处。

176/蒙山写生

退而目高山飞泉，
进以寻境至笔端。
攘臂挥毫于纸上，
写意成境在心间。

177/墨分五色生七彩

大笔快慢若飘帆，
小笔提按如行船。
浓里幽暗飘清香，
淡中轻缁浮蜜甜。
春桃粉彩见笑脸，
夏荷绿翠荡清闲。
秋菊愁烟兰泣露，
冬梅傲雪多思念。
倾心抒意成万象，
此处无丹胜有丹。

赤橙黄绿青蓝紫，
笔墨七色生红莲。
白练墨韵合柔翰，
禅海觉性拨心弦。
旷然无累荡虚静，
心手共唱写江山。

178/平常于无常

世间人事难预见，
三分在人七分天。
本来看似平常事，
变化无常立眼前。
莫忘乐极会生悲，
谨慎驶得万年船。
若要平安度人生，
儒释道法润心田。

179/山语

赏雨茅庐待高阳，
眠琴绿荫听风凉。
幽谷飞瀑洒清醇，
落叶逐流倾短长。

180/山中书斋

落花无言和清音，
人淡若菊立真君。

书中有华忘春去，
伴读书童说白云。

181/太极女侠

抱朴淑女守真气，
凭栏遥望云天际。
恰若云衣仙中客，
翠岩峰顶修太极。

182/师徒缘

赏雨茅庐待天晴，
眠琴绿荫享清风。
世间本无烦心事，
缘何警策徒弟明？
本来无歪亦无正，
性同习远各自声。
佛魔两面统一体，
师明徒正善行生。

183/五龙河畔二首

五龙河畔繁白雪，
芦港园中琐如妆。
年复季春来此处，
总与梨花醉几场。

五龙河水碧如蓝，

远望似玉做围栏。
两岸柳丝收不住，
一缕和烟挂栏杆。

184／修真

未曾生我我是谁？
假我真我本一归。
眼见是我我不是，
返璞归真修自为。

185／樱桃

赐来月夜酸甜足，
摘向宫中大小匀。
品凡三种舌上露，
树或双株腹中春。
隔帘惆怅火色香，
映树倚斜月光贞。
擎夸翠笼觥泛笑，
梦入青衣盘共新。

186／清闲自在

空色色空汝渠我，
意思思意心即佛。
世外桃源常闲静，
品茶吟诗入仙坐。

187/自在清雅

沏一壶清茶，
放一曲歌华。
读一部古典，
听一声雨哗。

188/钧窑开

进窑相如泥一色，
出窑缤纷釉万彩。
天工自然与清新，
别有洞天匠心开。

189/晨读

窗外雨声闻爽甜，
一室图书享清闲。
百家文史观风流，
纵横上下五千年。

190/心弦和韵

纵横画笔抒高情，
心弦七彩奏曲声。
营造和韵生清新，
出手即是大江横。

191/水自然

冬至风寒水变冰，

春临日暖冰成水。
夏来水肥碧带绿，
秋到潭澈清透最。

192／问功德

本是同性一门中，
莫问内外见性通。
不求登上如来座，
众生平等无私公。

193／莫问风雨

一人世界观自己，
三人江湖说东西。
远离是非居清静，
当学青莲立污泥。
人生路上多风雨，
不是知己莫相聚。
真情倾心有几人？
低级庸俗多攀比。

194／深秋

果香碧空散余馥，
澄怀观道越新步。
不知秋意胜春潮，
鸿雁一行逐云去。

195/昆嵛云烟

半山牧云仙人居，
一湖逐霞碧水曲。
三景随天幽秋岭，
二晖映气满谷虚。

196/不争

尔见春秋不知冬，
相如丽赋隐苍松。
麻雀雪上叽喳叫，
不见岸上雪里翁！

197/谙心

不为说给小玉听，
只求檀郎认得声。
一年四季皆有知，
不要三季蚂蚱精。

198/梨园春雪

本是园中人，
爱说园中话。
春月卖白雪，
时市恐无价。

199/修自为

自山有真金，

莫向别处寻。
深深向下挖，
何须求他人？

200／秋湖景略

月几望淡淡碧镜，
日初升穆穆金波。
照无私镜开重轮，
光有曜轮涌五廓。
昼夜代白驹过隙，
往来推红乌飞坡。
冬可爱碧纱笼素，
秋最明红巾罩果。

201／随其自然

风吹落叶满天飞，
任它而去切不追。
守根持本方为道，
非有非无非双非。

202／梨花带雨

风软花枝露，
珠落散余馥。
沾襟随影去，
香薰哪家屋？

203/守中

是非只在有无间，
有无本来不落边。
不执世间那多事，
光明透出满人间。

204/本自清静

常留清静在心间，
心中无事天地宽。
对错本来无二相，
不问是非落哪边。

205/夏雨若歌

泼开空翠飘麦香，
滴短落红熟梅汤。
润含琴调生韵律，
爽人书声起京腔。

206/雨过天晴

静夜不恋多声雨，
声雨无意静夜去。
夜雨相忘本无情，
却常夜雨共相遇。

207/秋林

寒霜无言一叶秋，

疏林轻摇风声幽。
茅舍倾听夜来雨，
朝观缤纷漂清流。

208/长青情

余有长青碧翠树，
不需再伐秀林木。
亦劝天下多情人，
地久天长行正步。

209/客海夜居

夜幕凭栏观海平，
归船亮起航明灯。
对茶当歌客酒店，
当听窗外浪潮声。

210/海岛之晨

一天秋色冷青港，
海天一色荡虚旷。
朝来岸边观潮水，
远眺蓝碧见晴朗。

211/瑞雪

三株并树四喜登，
二瓣添梅五福生。
五盘相如六六顺，
六树互赋七八升。

212/定心

人生无难事，
难处在决断。
若无二心摇，
必定登道岸。

213/窗外蒙山

开窗远眺峰不险，
遥看一片翠满山。
近入农家散花竹，
恰似仙境落人间。

214/雨中行

暴风骤雨有何懔，
不易丹心倾真情。
撑开人间实意伞，
携手共步雨中行。

215/虚怀

登高远眺洗烦心，
无穷虚静出清新。
莫恋凡尘那多事，
空纳万境是圣君。

216/大珠山写生

拨云开雾见幽径，

登足举头寻仙境。
身缘此山择何处，
将我精神充此行。

217／石门寺苍松

山中古寺和古松，
枝叶非针皮非龙。
根咬厚土百千载，
迎春度夏经秋冬。

218／心琴

不管东西和南北，
弹来弹去弹心扉。
更随世俗把韵赋，
子期伯牙不问谁。

219／石门寺秋色

霜后青山生红幽，
曲径登台入高秋。
不尽红叶覆寒岩，
白云绕身挂两袖。

220／石门寺秋雨

绿涛翻浪落叶飘，
翠壁凝云滴阶消。
钟沉远寺破晓云，
漏断高城催寒宵。

221/蓝莓

冰霜透紫味带酸，
风露盈篮摘犹甜。
玉肌半醉万枝举，
醉墨微晕四月天。

222/清闲

倚窗读古书，
上下五千年。
低头隐市井，
意行九万里。
南山一幅画，
风光无限好。
世间处儒家，
不离佛道心。

223/写生二首

江山风月谁是主？
画山写水自留宾。
择写勾画山中色，
独享幽境离凡尘。
春花夏雨秋红叶，
冬里白雪醉里身。
心同居士学老僧，
闲者江山做主人。

溪边静坐写山水，
俯仰天地心欣慰。
不觉树影移身动，
远望晚霞鸟齐飞。

224╱人生若戏

人生本是一场戏，
人人都在戏中里。
他言你在戏弄他，
你说他在戏弄你。
不明谁在戏弄谁？
只知都在戏弄里。
莫问戏中何角色，
舍去虚伪留真意。

225╱颂峰

孤峰万仞极天峻，
绝壁千寻镇地琳。
飞泉界道分碧水，
古树侵云和素雯。

226╱自静

屋空见光明，
心静生吉祥。
自身本清静，
莫外觅他相。

227/牡丹

金窠仙髻汉宫妆，
彩凤霞冠吴苑香。
香开玉合倾国艳，
粉泥金盘压群芳。

228/闲谈莫论

禅家随处能自静，
虽居深山有送迎。
常谈世间那些事，
不为利来不为名。

229/纳境

坐依绿树闻鸣蝉，
闲看碧水影青山。
若驾浮云空俯瞰，
误影为真别洞天。

230/孟秋

孟秋昨夜微霜下，
几叶缤纷挂谁家。
风来轻摇动那枝，
秀出疏林成仙葩。

231/晚霞映翠

仙亭对酌观日归，

晚霞映照远鸿飞。
霞红不染山中绿，
尽望青山翠不微。

232／临境

急流入湖亦静闲，
残红落水不飞天。
若问湖中夏秋冬，
水中鱼儿知道先。

233／黄山写生

黄山来写生，
丽景入眼帘。
拣择目无落，
皆想揽怀间。
置身此山中，
凡人亦成仙。
雷雨逼归时，
不愿离此山。

234／石门寺

绿荫拥寺座山间，
钟声随风去处远。
溪边疏柳垂弱丝，
流水月下波星闪。

235/红莲醉客

坐看红莲映晚霞，
湖边柳旁是谁家。
鸣蝉高吟醒醉客，
酌何美酒失风雅？

236/执手未来

晚来漫步小河边，
云开月出忆当年。
夜静蟀吟悄悄话，
执手未来好明天。

237/善行

云逐风雨去，
水随岸边曲。
彩虹当空架，
躬饮河中绿。

238/和谐自然

月挂桥上约谁共，
湖光摇影对惚空。
水月相忘心澄澈，
随缘应时幽玄中。

239/真假如一

碧空绿水影树身，

水中岸边难辨分。
远望岸上树上树，
近观水中根对根。

240/四季自然

冬至寒风水成冰，
春临日暖冰成水。
夏来水肥碧带绿，
秋到水清澈见底。

241/月中情

晚来桥上坐，
不觉林影斜。
思逐晚霞去，
寄情水中月。

242/觅境

置身天地间，
当空自静闲。
觅境登绝顶，
不怕北风寒。

243/临水清幽

临水清幽好怀开，
柳色映阁仙客来。
暖春醉人不晓时，
已是满园百花开。

244/秋风

霜落青林黄变红，
幽谷钟鸣动秋风。
轻摇枝叶缤纷舞，
天籁銮行认西东。

245/明月映翠

初霜不改满山翠，
尽望秋月心如醉。
风摇树影动似笔，
勾皴万峰空上飞。

246/秋香

风来摇竹沙沙响，
吹走闷热阴生凉。
放下手中芭蕉扇，
不在花季也清香。

247/梨花月夜

月下园中生朦胧，
梨花带雨闪夜空。
蓦然回首梨树下，
仿见当年美芙蓉。

248/荷日秋

碧湖轻泛采莲舟，

叶翠粉莲映岸柳。
折采莲蓬归雅室，
又忆那年荷日秋！

249/莱阳梨

满树慈梨馥梨乡，
叶色缤纷染秋霜。
甘若天女唇中露，
不争果王自芬芳。

250/梨花风情

闲坐梨园看落花，
年年如是萌春芽。
花开花落花又开，
莫怨东风时不佳。

251/梨花忆

碧天托风轻云淡，
满树生花雪粉满。
尔时余心悦如童，
不言时下忆当年！

252/心运丹青

无意笔墨诸法空，
千万作品悉皆同。
智慧妙生笔墨灵，
丹青神逸品味中。

253/雨后观竹

千竹雨后生云烟，
风来天晴烟云散。
竹身摇吟风影碎，
交臂非故又春天。

254/秋夜听风

院外无风秋树静，
忽来风生疑琴声。
何人抚琴夜不眠？
袖舞落叶空中星。

255/晚秋梨园随想

晚秋清风拂梨园，
满树缤纷摇枝闲。
落叶随风无牵挂，
漫闻天籁知秋远。

256/船歌

碧笼秋芦苇，
金身影碧水。
尽空帆不见，
欸乃惊飞雁。

257/本来自然

年年过年年年年，

谁曾年年第一年？
曾经多少月儿圆，
圆月曾经照谁先？

258／雪夜

乾坤不夜梅色华，
天地无尘月交嘉。
三千银界飞粉絮，
十二琼楼散雨花。

259／画中主客

我借一幅画，
说我心中话。
主客各司令，
虚实是谁家？

260／题竹四季

不问严寒翠盈节，
当来春时绿更新。

新节不争夏绿姿，
常以清影和风雨。

不羡秋霜染枫红，
只待云梢拂碧空。

冬雪不改常青翠，
相如丽赋不争色。

261/今缘不易需珍惜

人生在世，人心难测。
何觅知己，诉吾心窝。
割肉还母，剔骨还父。
妻子儿女，耿耿随我。

至极无上，谓道谓佛。
倾我心声，体悟真我。
旷然无累，荡然虚静。
只可意会，不可言说。

和光混俗，非你非我。
放下放下，放下妄我。
若执妄我，烦恼无尽。
放至无放，即见真我。

今世朋友，前世缘何？
一面不易，况见生活。
放下私利，真情相待。
来世因缘，是否你我？

262/上师

师者本是指月人，

莫执光闪行孝心。
净手焚香膜拜时，
常遭棒喝开慧门。

263/人生若梦

百梦虚幻一梦消，
繁华落尽了了了。
舍弃欲望遣遣遣，
善行天下是正道。

264/书读用时

浩瀚书海难博览，
慧心一处识弥山。
用时求读了义书，
皆缘命中需当前。

265/莫伤心

伤心皆因眼光短，
莫道好景看不远。
繁华时常生悲凉，
迷茫过后多明见。

266/有无是一

生从无中来，
死往无中去。
本来无中有，
莫执无中无。

267/樱红石语

樱红云亭封禅圆，
石语千言饮宿安。
天下何处不美景，
归来更当昆嵛山。

268/明月悟

吾问明月在等谁，
明月不为夜行人。
千山有月千山明，
万水无疏亦无亲。

269/惜缘

昨日已去成故事，
今当共此写新章。
有花有酒好辞藻，
无事无非真情长。

270/云动静水流，潭中鱼自闲。

271/天涯共一轮，遥寄更相思。

272/清风轻摇数叶齐，鸣蝉高唱点新歌。

273/清风徐来摇柳条，鸣蝉高歌荡秋千。

274/一笔一墨一真情，尽写梨花赋梨城。

275/泉鸣石涧晴亦雨，烟绕茅堂午常阴。

276/湖水平静秋月冷，晚云浮动推繁星。

277/朗月又读圣贤书，明心如见正气歌。

278/夏风吹雨过绿柳，行云动水拂野岸。

279/白云浮动度静鸟，碧水清澈藻依鱼。

280/河岸柳絮浮绿水，园中梨花弄云和。

281/春风暖润岸边草，细雨微起水中波。

282/老友相逢千杯酒，共邀晚霞对酒歌。

283/ 山中昨夜秋雨过，空明缤纷水汽多。

284/ 云低雾起笼湖上，风高荷汽浸四方。

285/ 野岸柳林共漫步，相依幽情草木知。

286/ 身居闹市自静闲，红尘喧嚣山外边。

287/ 风吹山松疑是雨，曲岩流泉听似琴。

288/ 崖前喷夏雪，云外吼春雷。

289/ 积翠诗赋涵旭日，凝碧管弦浸寒星。

290/ 霜镜净水窗月满，玉壶清涧户云飞。

291/ 云动静水流，潭中鱼自闲。

292/ 万湖万水万湖月，千人千心一道心。

293/明月无意投碧水，水静无心抱明月。

294/雨归湖平莲叶静，风起田浪稻花香。

295/柳絮沾泥风不动，懒开倦眼看红尘。

296/林间读书，百鸟闻声起舞。
河里洗砚，千鱼吞墨飞跃。

297/山中写生，飞泉和弦起奏。
湖边抚琴，青蛙高歌来唱。

298/流水不等岸上人，渡船何曾复流水。

299/满山红叶催笔意，一腔热血放诗怀。

300/湖静如镜见晴天，海平无浪望明月。

301/残红无挂逐流水，落叶随风知秋到。

302/心随流水无所住，无牵无挂无喜忧。

303／阅万卷圣典万法归宗，饮千江甘泉千水同源。

304／曲径梨花风雨后，谨慎踏足避残雪。

305／冬去春来春又冬，水水冷暖鱼自知。

306／江山本来好风景，常于此处得清闲。

修学简论

浅谈知行合一

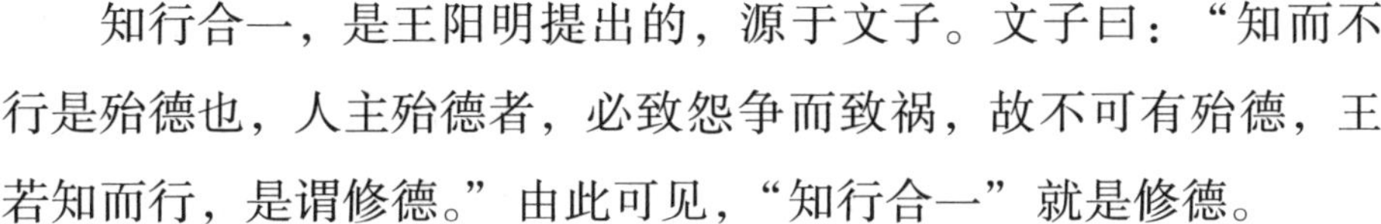
知行合一，是王阳明提出的，源于文子。文子曰：“知而不行是殆德也，人主殆德者，必致怨争而致祸，故不可有殆德，王若知而行，是谓修德。”由此可见，“知行合一”就是修德。

释“元亨利贞”

对于《周易》卦辞中“元亨利贞”的注解，历来注家争议颇大，众说纷纭，各执己见，莫衷一是。在此笔者不妄加评议，只按私疏注解，将其释义为：“头领祭祀，利于求正。”

《左传·襄公·襄公九年》中云：“元，体之长也；亨，嘉之会也；利，义之和也；贞，事之干也。体仁足以长人，嘉德足以合礼，利物足以和义，贞固足以干事。”《文言》中云：“元者，善之长也；亨者，嘉之会也；利者，义之和也；贞者，事之干也。君子体仁，足以长人；嘉会，足以合礼；利物，足以和义；贞固，足以干事。君子行此四德者，故曰：‘乾：元亨利贞。’”这种“四德”说，有人说是《文言》引用了《左传》，也有人说是《左传》引用了《文言》。其实无论是谁引用了谁，都不重要，重要的是在漫长的传统易学史上，以“四德”解释“元亨利贞”的说法一直是最权威的解释。

历史上对“元亨利贞”还有不同的诠释方法，就是将“元亨

利贞”两两分开点注，即“元亨，利贞”，并且基本都将其释义为“大通，利于守正”或“大亨，利在于正”等。殷墟甲骨卜辞问世以后，古文字学家发现“贞”字是卜辞里的占卜术语，似乎应了《周易》原本是一种占卜工具书的说法。这一发现对《周易》的诠释产生了极其重要的影响，新易学家们认定《周易》中的“贞”字与甲骨卜辞中的“贞”字用法相同，如同《说文解字》中所说的“贞，卜问也”一样。高亨在其《周易古经今注》中对“元亨利贞”做了新的解释。对这种新的解释，我们不要以对错的眼光去看待，应从宏观角度去体悟。当然，笔者认为如果只是简单地把《周易》看成一本占卜的工具书，可以肯定地说是误断了！从筮法上看，《周易》不但具备筮卜功能，而且涵盖了古人初步理解宇宙后所形成的人文、哲学理论体系。

“元”字在《周易》中一共出现了27次。汉字在漫长的演化过程中引申义很多，历史几乎给每个汉字都赋予了不断演化的新含义。历来注家对“元”字的解释基本分为“始”和“大”两类，但是这里也有一个令人费解的问题需要深思。如果将“元”释义为“大”，《周易》经文中多处见“大”字，为何不直接用“大”而是用“元”呢？《说文解字》《康熙字典》《汉字字源》《汉字源流字典》《汉语大词典》等古今几十种解字工具书，对“元”字的演化引申义无非是头、首、始、大、第一、本来、起端等。而今我们看到最多的也是“元年”“元月”等用法，似乎与“始”都有关系。不过若将“元”字释义为“始”“大”，这在古代许多典籍里又很难说得通。譬如《逸周书・卷六・谥法解》中云：“能思辩众曰元，行义说民曰元，始建国都曰元，主义行德曰元。”由此可见，将《周易》经文中“元”字释义为

"始""大"是不妥当的，应该释义为"头领"。《逸周书·卷六·月令解》中云："季冬之月……是月也，日穷于次，月穷于纪，星回于天。数将几终，岁且更始。专而农民，毋有所使。天子乃与公、卿、大夫，共饬国典，论时令，以待来岁之宜。乃命太史次诸侯之列，赋之牺牲，以供皇天上帝社稷之飨。乃命同姓之邦，供寝庙之刍豢。"季冬，是每年冬季最后一个月。此时，百姓已经无所农事，天子就与大臣们整理国典，以待来年之宜，受命太史等级低于诸侯免征税赋，以便用来供奉皇天上帝，头领同姓之邦祭祀宗庙。"元亨"复杂的解释就是"头领同姓之邦祭祀宗庙"。这是"善行"的领导方式。说明《左传·襄公·襄公九年》中"元，体之长也"及《文言》中"元者，善之长也"的说法是完全符合经义的。

"亨"字在经文中一共出现了48次，卦辞里40次，爻辞里8次，其中卦辞里用于"元亨"10次。有些新易学家根据《周易·益卦》爻辞六二中的"王用享于帝"，释"亨"通"享"，也有辞章考据。根据马王堆帛书《周易》和上海博物馆藏楚竹书《周易》及大量有关资料研究，"亨"通"饗""鄉""亯"。"亯"是"享"的古体字，"享"字下面的"子"是大篆使用期间才被添加上去的。"亯"字上部为神主象形，下部表现为烹煮炊具，后来内部增加了一横，表示烹煮的食物，它的造字本义就是供祭品奉祀祖先神灵使其享受。马王堆帛书《周易》中"亨"写作"亯"，"享"写作"芳"。上海博物馆藏楚竹书《周易》中"亨"写作"鄉"。由此可见，"亯""亨""享""饗""鄉"古义是相通的。《周礼·大宗伯》中云："天神曰祀，地祇曰祭，人鬼曰享。此大享于先王，谓天子祭宗庙也。"《逸周书·卷六·谥法解》中云："亨，祀也。"因此，这里释"亨"为"祭祀宗庙"的意思。这种祭祀宗庙的做法，是"最佳的群体集会"。

"元亨"在经文中出现了10次，均在卦辞里；"元吉"在经文中出现了14次，均在爻辞里。由此可见，《周易》筮法可能与殷墟甲骨卜辞的占卜方法有相似之处，应该是分两次进行的：先以筮策求得64卦中的某一"卦"，再以筮策决定该卦六爻中的某一"爻"。以卦为"体"，以爻为"用"。以卦体为"主"，以爻用为"客"。以卦体为"静"，以爻用为"动"。"卦象"与"爻象"为静态思维辩证，"卦辞"与"爻辞"为动态思维辩证。《易传·系辞上·第十章》中云："《易》有圣人之道四焉：以言者尚其辞，以动者尚其变，以制器者尚其象，以卜筮者尚其占。"《礼记·曲礼上》中云，"龟为卜，策为筮"，可见古时"卜"用龟甲，"筮"用蓍草。

古代负责占卜的官员各有具体的分工及名称，非常明确。譬如大卜、卜师、龟人、筮人、占梦等，他们都有具体的分工，这一点在《周礼》中说得很明白。《周易》属于筮的体系，由筮人分管。《周礼·春官宗伯·大卜》中云："筮人掌三易。以辨九筮之名，一曰连山，二曰归藏，三曰周易。九筮之名。一曰巫更，二曰巫咸，三曰巫式，四曰巫目，五曰巫易，六曰巫比，七曰巫祠，八曰巫参，九曰巫环，以辨吉凶。凡国之大事，先筮而后卜。"

《易传·系辞上·第九章》中云："大衍之数五十，其用四十有九。分而为二以象两，挂一以象三，揲之以四以象四时，归奇于扐以象闰，五岁再闰，故再扐而后挂。"此即筮策之法。从中我们可以体会到"易有太极，是生两仪，两仪生四象，四象生八

卦”的宇宙形成哲理。“大衍之数五十”是易学争论较多的地方，很多易学大家对此都有自己的论述，但都未能服众。那到底“大衍之数五十”是据何而来?《易纬》之后，众说纷纭，各执己见，说法不一：有“十日、十二辰、二十八宿之和（10＋12＋28＝50）”“太极、两仪、日月、四时、五行、十二月、二十四节气之和（1＋2＋2＋4＋5＋12＋24＝50）”等多种说法。对此，采用较多的是东汉荀爽的解释：“卦各有六爻，六八四十八，加乾坤二用爻，凡五十，初九‘潜龙勿用’，故去一。”

“利”字在经文中一共出现了119次，《左传》《文言》中皆云：“利者，义之和也……利物足以和义。”以古文特殊句式宾语前置断定，似乎“利”字在经文中当作副词“利于”使用，因为“利”字后面接的汉字大多是动词。笔者认为这里的“利”字、言外之意是利于群体思想统一。

“贞”字在经文中一共出现了110次，传统释“贞”为“正”。《管子·五辅》中云：“八者各得其义，则为人君者，中正而无私。为人臣者，忠信而不党。为人父者，慈惠以教。为人子者，孝悌以肃。为人兄者，宽裕以诲。为人弟者，比顺以敬。为人夫者，敦懞以固。为人妻者，劝勉以贞。”可见释“贞”为“正”有道理。但是对这种“正”的道理，又有几人能真正参悟呢？要弄明白这个问题，需要从“动态思维辩证”与“静态思维辩证”两个方面来考虑。这里的“贞”字应以“动态思维辩证”而非“静态思维辩证”，应释义为“求正”。如果把“贞”字单单释义为“正”，那“贞”字就成了“以静态思维辩证”，一次性得到且可以永久性享受。如果是这样，那对于天下的中药汤方，医生就不需要根据每个个体不同而进行药量加减了，因为一方人人通用。那样《黄帝内经》《金匮要略》《伤寒论》《温病条辨》等中医传统名典早就失传了，谁还去研究？其实，离开动态思维辩证是不可能搞好中医的，有道是："不读五运六气，检遍方书何济？"这句话充分说明了"动态思维辩证"的重要性。真正的"中正"不是半对半等量平分的中正，这样的中正是"静态思维辩证"下的中正，是僵死而没有生命力的中正。真正的"中正"是在不断"求正"中得到中正，天下任何事物皆如此。

毛主席说过："一个人做一件好事并不难，难的是做一辈子好事。"由此可以体悟到不断"求正"的重要性。"正人君子"不是空喊的名号，并不是一个人有了"正人君子"的名号就可以永久完美无缺了，不再需要修自为了。真正的正人君子是在不断严格地"求正"中来完善自己的。自古以来"忠贞""贞操""忠贞不渝"等品质都不是用做一件好事来决定的，而是通过不断严格"求正"自我修行决定的。不用说君子，就是圣人也是这样自我严格"求正"到底的。《逸周书·卷六·谥法解》中云："清白守节曰贞，大虑克就曰贞，不隐无屈曰贞。"可见"清白守节"是求正；"大虑克就"是求正；"不隐无屈"是求正。"求正"是继往开来的最好方法。所以，将"贞"释义为"求正"是比较准确的，适合于"经史子集"所有典籍章句中"贞"字的解释。

据以上论证，故将"元亨利贞"释义为"头领祭祀，利于求正"。

修自身其德乃真

人生在世，不要用自己认为的非是之"是"，去说别人的非

非之“非”；也不要用别人的非非之“非”，来证明自己的非是之“是”，因为本来就无是无非，一切皆在心造识变中。不要通过诋毁别人来维护自己，发好自己的光，不吹灭别人的灯；点亮自己的烛，修好自身。当你看别人不顺眼的时候，也是别人看你不顺眼的开始。不要怪别人，要怪就怪自己的修养不够。前进发展的路上并不拥挤，感到拥挤是因为你的格局不够大。人品若好，一切皆好。还是那句话：个性就是命运，胸怀就是未来。

浅谈隐士

近日在山里带学生写生时，有学生谈到“隐士”，我问他：“何为隐士?”他回答：“隐居在大山里的人。”我对他讲：“此话差矣！如果身居山内，自筑小院、自挂牌号、自命清高，就是所谓的隐士，那全中国成千上万身居大山里的农民也都是隐士。既然不是，云何隐士?”古人云：“小隐于野，中隐于市，大隐于朝。”传说，汉武帝时期东方朔就曾被世人拟为隐于朝的大隐士。晋代王康琚《反招隐诗》这样写道：“小隐隐陵薮，大隐隐朝市。伯夷窜首阳，老聃伏柱史。”可见世间那些看破红尘隐居于山林，依赖周围环境而忘却世事，沉湎于世外桃源的所谓“隐士”，不过是形式上的“隐”而已，充其量只能算是“小隐”罢了！能达到物我两忘，对景无心，并在世俗的市朝中排除杂念干扰，匿于市井之中却又能自得其乐的，可算是“中隐”。而隐身于朝廷之中，处于喧嚣的时政中，面对尘世的污浊、钩心斗角却能大智若愚淡然处之，保持清净幽远的心境，不与世争，悠然自得地生活，

才是归隐的最高境界，乃真正“大隐”也。

化画

现在大多数画家在继承传统上，往往都是尽量画得跟古人一模一样，好像越相似越好，而不是去努力地挖掘古今艺术上的不同。岂不知这样做的太多了，实际上是在抹杀过去，抹杀传统。其实古人的每一幅艺术作品，都代表着他们那个时空的独有记忆，我们在对传统文化研究、继承与发展上，不应一味地去模仿古人，而是应在当下的时空中去挖掘与古人那个时空不一样的东西，创作出更多与古人创作方法不同的作品。当今作画所用的材料及其材质跟古人用的肯定是不一样的，这一点是摆在我们面前的现实。有句话叫：“存在即合理。”古人当年用的材料及其材质曾经在他们的时空中“存活”，创作中材料及其材质“存活”在那里，本身就是一个过程。中国画是传统造型艺术之一，是通过作者把美丽的大自然搬到家里来，并把自己想到、悟到、梦到的等意识修为融进作品里的一种绘画形式。有时候在表现某种东西时，不是直截了当的而是经过换位思考的，很多新的画面亦随之而来。中国画不是简单的“画画”，不应用简单的“画”字来说事，因为它是一种变化的“意识流”，可以随时空变换的“意识流”。你若简单地把中国画定义成一幅普通的画，它就失去了本有的内涵。因为，画画不是一种简单的功能或技能，而是一种悟道的体验，是开悟的“化画”。不要小看这个“化”字，学问可大着呢！如果你把“化画”看成“画画”，这本身就束缚了你的想法。画画

的时候别想画，自然而然的画外想法就会流露出来，这时候“画画”就会进入“化画”状态。臆想中的两个东西合二为一了，那新的画面自然而然也就出来了。有时一种画法就在透明与不透明的模糊之间，是一种本真体现，而本真有时是多变的，是跟着自己的感觉走的。中国画创作无论是山水、花鸟或人物，既离不开自然，也不能一味地照搬自然，而应删繁就简。

画中无禅

前几天画了几幅小品，朋友到我工作室看了以后大加赞赏说：“老师，你画得太好了，太有‘禅意’了！”我说：“是太有‘浅艺’了，也不能说是‘浅艺’，应该说是‘艺浅’了。”朋友俄延了一会儿疑惑地问：“老师，怎么是‘艺浅’了呢?”我说：“画得不好不就是‘艺浅’吗?”朋友又说：“老师您太谦虚了，您的画堪称‘新文人画’代表了。”我说：“什么新文人、旧文人的，统统都是‘骗人’的话！”说完后，我怕朋友不理解，又说了《红楼梦》中的诗句：“女娲炼石已荒唐，又向荒唐演大荒。”管他理解不理解，让他回家自己去细思量。其实当今中国画坛，不乏自吹自擂者，说自己的作品是什么高华明澈，通神通禅……可是，在我看来“一通”也没有，只有没法看！夫画者，信、达、雅也。禅，充其量也就是一个指月的手指，它可以告诉你月亮在哪，但它不是月亮。禅与画自有妙处，从僧人画家担当的偈语中可窥见一斑：“画中无禅，唯画通禅；将谓将谓，不然不然。”“三昧在于无墨处，不劳画里觅痴僧。”“若有一笔是画，也非画；若无一笔是画，也非画。”真乃世间万品皆若此。

余认为善禅画者，则善删繁就简而造其势也。其蓄势如满弓待发，突而神润，一蹴而成。观其品相，若乎单一，然其笔墨变化若天地行云，无穷无尽；若江河湖海，永无枯竭。盖修为高者，方知其玄妙也。宫、商、角、徵、羽不过五音，然五音之复式变化，却层出不穷；红、黄、蓝、白、墨不过五色，然五色之幻化交融，却令人眼花缭乱；酸、甜、苦、辣、咸不过五味，然五味其浓淡轻重，却任由妙手调停。故画简至繁易耳，繁至简难矣！

成家在自不在师

画作要靠自己。老师能给你指的不是一笔一墨、一招一式，而是方向。要明白老师无非是指月的“指头”，而不是月亮，其作用是通往月亮的地图。师古人、师造化，不要师今人。放下一切束缚，坚守真实自我。古人云：“曲士不可以语于道者，束于教也。”要向根本究问题，莫向支流问浊清。切莫“抛却自家无尽藏，沿门持钵效贫儿”。当然也莫将容易得，便作等闲看。中国画者，信、达、雅也！虽然简单，却难以企及。古人云：“道远几时通达，路遥何日还乡。”真乃艺海无涯，何时诞登道岸？

学画者，须以正识入门，应取法乎高。古人云：“取法于上，仅得其中；取法于中，不免为下。”以晋、唐、宋为上；元、明、清为中。须拜师两位：造化、古人是也！不以今人为师，不做以下人物。若立志不高，入门不正，则差之一毫，失之千里；若志存高远，努力研修，则能登峰造极。若师今人，见于师齐，艺亦

减半。如：学书若师羲之，献之同窗；若师献之，羲为师爷。故用功应以上而下，不可以下而上也。学国画者，先须研汉、魏佛画，再师晋、唐、宋人书画之法；观其元、明、清书画之承载；以所晋、唐、宋诸名家之法，胸中酝酿，自上而下，一路究研，得其正源清流。然此仅为书画之基础，乃小道也！而成大家之路，必须深研国学，博览群书，究其经、史、子、集，博采众长，当于神遇，开启妙悟，显自真金，见自本来面目。

走自己的路

《战国策》中云："夜行者能无为奸，不能禁狗使无吠己也。故臣能无议君于王，不能禁人议臣于君也。"大意是：走夜路的人能不做坏事，却不能禁止狗不向自己吠叫。因此臣能做到不议论君王，却不能禁止别人议论臣与君王。人言固然可畏，一个人可以管住自己，但管不住别人，不管你是否做了坏事，都会有人注意你，议论你的得失成败。聪明的人，可以做自己认为正确的事情，而不必顾及他人的毁誉。一个人如果过分顾及他人的议论，必将妨碍自己的行动，终将一事无成。走自己的路，让别人去说，这才是一个干事业的人应该有的态度。

浅谈"功德"

世间谈"功德"的人很多，而真正懂得什么是功德的人甚

少。梁武帝初见禅宗祖师菩提达摩时问：“朕一生造寺度僧，布施设斋，有何功德?”达摩对他说：“实无功德。”达摩为什么这样说呢？是因为梁武帝不明白造寺度僧，布施设斋这样做名为求福，不可视为功德。功德在法身中，不在修福。六祖惠能云：“见性是功，平等是德。念念无滞，常见本性，真实妙用，名为功德……功德须自性内见，不是布施供养之所求也。”

读《金刚经》有感

《金刚经》为一切凡圣悟心之门，了悟无明妄心，即是妙慧真心，二心同体，故曰悟心。夫金刚经者，如来为大乘者说，为最上乘者说。凡未证三昧见实相者，无从测知其微妙，讲者每多依文解字，此是释字，非属解义，闻者复杂参我见，附会邪说，于心地法门，远之又远。此经以无住为宗，无住者，非无所住也，乃不着于住也。

知变宜画

我曾提出“偶必结合”之法，并常于讲学或课徒时一展明示，让学生或弟子在宣纸上用笔墨随意乱画形成人为“偶然”之笔墨后，我再施以“必然”之笔墨，行以“偶必结合”之法而成其完美作品，是谓“知变宜画”也。《周易》之“索”在于“易”，亦即“好更改旧”。故云：玩索而有得。“知变”是学画

者必修之课，若不历经修之，画来画去，无非匠人而已！古希腊哲学家赫拉克利特说：“人不能两次踏进同一条河流。”此哲学观点阐述了一个“变”字，他认为宇宙是一团永不熄灭的火，不断地转化为万物，万物也不断地再变成火，一切皆在不断变化中。后来人称其为“变哲学”。他以“河流”言万物之变，把存在的东西喻之为河，人之所以不能两次踏进同一条河流，是因为水是流动变化的，当人第二次踏进同一条河流的时候，流水已经不是原来的流水了！以其简单的言语表达了“变”之思想——“一切皆流，无物常住。”这种思想的确与佛、道理念有异曲同工之妙。然却有人提出“河水结冰的时候可以踏入”。乍一听上去此说法的确有道理，其实，此说法纯属低级粗浅的静态表象思维！只知其外而不知其内，只知其粗而不知其精，只知其浅而不知其深。如果作为一个中国画画家这样，只知其表象而不知其理，是根本成不了画家的。

浅谈格律诗

画画的人一般都喜欢写诗，故在这里简单地谈一谈格律诗。格律诗，也叫“近体诗”，是诗歌的一种。唐朝以后的古诗，分为绝句和律诗：就是平时我们所讲的五绝、五律，七绝、七律。格律诗结构严谨，对字数、行数、平仄、对仗或轻重音、用韵都有所限制。式有定句，句有定字，字讲平仄，韵脚严格。从宽泛的角度说，绝句属律诗；而从严格的角度说，绝句又不能算是律诗。因为有的古绝是不合律的，绝句产生在律诗之前，那时格律诗还没有定型。

简单地说，格律诗就是讲平仄关系的诗，是要按平仄格律来填写的，对声律的要求极为严格，包括押韵和平仄，又以平仄更为重要。因此不讲平仄的诗，就不能算是律诗了。那什么是平、什么是仄呢？其实很简单。平，就是平声；仄，就是仄声。现代汉语中的第一声与第二声，都归为平声；现代汉语中的第三声与第四声，都归为仄声。当然除了平仄之外，还有一种声调叫入声。由此可见，平仄是根据字音的特点而产生的。知道了平声、仄声，还有入声，下面就是怎样进行平仄关系的复式组合及韵脚的处理了。要知道格律诗的定字、定句是有严格要求的，这里我们引用一首王永义编的歌谣以供参考："格律不难记，二四六分明。首句仄平仄，或为平仄平。上下句要对，邻句粘即成。四字防孤平，末防三连同。七绝重一遍，七律也就成。双末押平韵，单末多仄声。七言去两字，五言不费功。起收式怎知？首句二末定。"可见格律诗每句中的第二、四、六字的平仄关系是一定要符合要求的（第一、三、五字可以随便一些）。第一句的第二、四、六字应该是仄平仄或是平仄平。第一联上句的第二、四、六字的平仄与下句的第二、四、六字的平仄要对立。邻句，就是第一联的末句和第二联的首句，第二、四、六字的平仄是相同的。每一联的句中要防止四个字出现三仄一平，也就是一个平而左右有三个仄，这样就出现孤平了，每句的句末要防止三个平或三个仄。绝句的格律格式，重复一遍就是律诗。律诗每联第二句的最后一个字都是平声，押的都是平水韵，每联第一句的最后一个字多数是仄声。七言诗去掉前面两个字，要注意，为什么说是去掉前面两个字而不是后面两个字呢？因为此时第四个字应为第二个字，这样五言诗的格律也就成了。一首格律诗是平起还是仄起，是平收还是仄收，都要看第一句的第二个字和最后一个字。

以上浅解不知是否对大家写诗有所帮助？若有不当之处，切请见谅！当然我写诗不太讲格律，更以意胜，不以字胜。这里要提醒大家的是：刚开始学写诗，最好从五绝、七绝开始练手，因为五律、七律讲究工整对仗等，要求很严格。

人生难得一知己

在人生旅途中每个人都需要知己和贵人，就是王者也需要辅佐，这种看上去平等或不平等的关系最终是互惠互利的，如果这种互惠的天平失衡落到了一方，随之而来的亦是相互的破裂。曾子曰："受人者畏人。"纪晓岚的老师陈伯崖曰："人到无求品自高。"弘一法师曰："没有拥有，何谈无求？"从这三句话中可以体悟到很多东西。朋友是什么？朋友其实是荒漠中的泉，是雨中的伞，是一生的陪伴。可是人生难得一知己，真是"触目横斜千万朵，赏心只有三两枝"。我觉得人生在世，带给朋友的应是高贵的平和与优美的雅淡，因为人生没有什么值得炫耀和仗恃的，唯有平和与雅淡。人世间，大智大才之人，必定是低调、慈祥、和蔼的。谦恭对人，会给人以优雅、宁静、平和。

师徒

随着时间的推移，原来的小师傅快变成了老师傅，然禅境道行亦随之提高，声名鹊起，故前来拜山者，旦暮迎送，善男善女，不计其数，求道学法，以了心惑者颇多。久而久之，师傅的温和笑容，得众赏，获众心。故前来磕头拜师者众多，师父收下了这些求道学法的弟子们。然今日的徒弟，不再是往日的门客；今日的“师父”，亦不再是往日的“师傅”。经常对弟子们施以严词，一副非常爱生气的样子，弄得弟子们不知所措，处处谨慎行事，生怕师父生气。

一日小师弟问大师兄：“以前的‘师傅’对我们从来都是温和迎送，而今变成了‘师父’，一字之差，为何却经常对我们施以严词呢?”大师兄疑惑地回答道：“这可能就是‘师徒’之间的缘分吧！不过师父说过‘事来则应，过后不留’，不要多想，如果师父真的生气了就不会授教于我们了!”听罢，小师弟点了点头，自言自语喃喃地说：“今天的小师弟，以后也能成为别人的‘师父’吗？或许那时即可了然了!”（本故事纯属虚构，若有雷同，纯属巧合）

学画成家之次第

初始学画，若隙中窥月，无非“花花”；次进成匠，若庭中望月，只是“画画”；再升格物，若登台玩月，可为“化画”；诞登道岸，若月中嫦娥，是谓“画化”。神游太虚，大师成矣！

师造化

造化，是一部玄奥简古的奇书，仅对其泛泛地浏览是不够的，

必须全面深入地研究方可译出书中的语言、符号和象形文字。有的画家整天东奔西跑、走南闯北，看起来是件好事。但是，当他们坐在林间、溪畔、名山大川俯仰天地之时，却并没被造化之美所感动，闭塞的心灵仍得不到碰撞，无法开启本原而生妙悟，画来画去还是在家里闭门造车的那些“符号”，看似为写生而实属坐在自然中闭门造车。其实写生并不是让画家拿着画笔去照抄自然，而是让“自然”这样一个伟大的示范来纠正画家在传统及其他领域学习中的一些错误。画家要想真正从自然中汲取营养来提高自己，首先要信任自然之潜能，追随自然之道，开启意识之门，打破社会习俗及传统规范等条条框框的障碍，充分发挥自身潜能，只有这样才能师造化，得心源。

论黑白灰

黑，对灰而言是黑，对白而言也是黑；白，对黑而言是白，对灰而言也是白；灰，对黑而言是白，对白而言是黑，对黑白而言是灰。这就是黑、白、灰三者之间的对比关系，没有一定的标准，一切尽在相对变化的统一中。

雪雾悟

“雪与雾”对中国画创作中笔墨“虚与实”的处理作用颇大，会让现实景色中的繁杂景象变得简洁明快。用“雪”的相如丽赋去理解中国画中的“高度简约”，用“雾”的幽玄去理解中国画中的“空灵”。

富水河畔石头记

我生性痴于书画，虽为其多忙，但喜欢偷闲于山水之间。2008年秋，一日闲游家乡富水河畔，只见泛泛河水中石头磷磷，因汲水百万年，其形色各异。水边沙滩之上，有一种明黄光亮的石头非常夺目，走近细看发现此石滩中并不多见，根据自己略懂的一点奇石知识，初步判断应该是收藏界所说的黄蜡石。经几遍寻滩后偌大个沙滩只捡到了十几块石头，其中有一块精品，种水玲珑穿穴，透夺冰清，皮色黄如金銮壁金，红似丹水流膏，按其种质判断应是玉界新宠“黄龙玉”。黄龙玉乃黄蜡石系列，黄蜡石虽涵盖甚广，但略分其可为二：阴晶者，黄龙玉也；显晶者，黄蜡石也。其他几块石头亦是黄蜡石系列，其中有的白若凝脂，亮同白雪；有的显晶细微，黑如纯漆。总之，其美无法用常言表述，只能诗咏其相。

梨园秋色

天渐渐地凉了，不知不觉已到了深秋，梨园的秋意越发浓了，眼看着树上的叶子由绿变黄—变红—变紫……真是一个五彩斑斓的世界。忽而一阵秋风吹过，满树五彩瞬间落了个满地，给金色沙滩铺满了缤纷，梨园金秋美丽至极。

金秋之晨

一丝微弱的光，把我从甜蜜的睡梦中晃醒，睁开眼睛发现那暖色调印花的窗帘，像是被打上了柔和背光，朦胧中透着一种神秘。天快亮了，借着穿过窗帘透进卧室里那微弱的光，我看了一下挂在墙上的时钟，已接近凌晨五点，快到起床阅读的时间了。“啪！”随着灯开关的按下，那雪白明亮的灯光，瞬间赶跑了刚才窗帘上那神秘的美感。

巍巍昆嵛

昆嵛雄峰，巍峨庄严。层峦叠嶂，上出云霄。绿松翠柏，下咬沃土。蜿蜒溪流，穷曲岸之春花。石墙瓦屋，即坡岭之体势。同在一隅，不曾常往。今延客座，如临桑梓。静山幽居，春花簇拥前后。开门临泉，曲岸溪水左右。远离尘嚣，无一城中喧闹。今在此中，当下感悟“江山风月，本无常主”。古往今来，闲者便是主人。

峨庄赋

进峨庄“美术写生基地”有两条路，东西各至。山路曲折萦回，高至山峰，低至山谷，蜿蜒崎岖。置峰俯瞰，群峦叠嶂，丛林密布；谷底仰望，千丈立壁，万仞横峰。盛幽清秀之茂林，托峰直插云端。潺潺溪水悦耳动听，小石桥如长虹饮涧，横跨绿岸。岸边人耕绿野，犬吠花村。“美术写生基地”置山间村边，食宿条件虽略为艰苦，但风景优美，空气新鲜，交通方便。虽至孟夏却风清气爽，清风入怀，鸟雀惊飞，凉生轩户。然，亦有不乐之时。此地天气变化莫测，时而晴空烈日，时而阴雨连绵。泼开空翠，滴短落红。此时亦有致景，远远望去，千峰忽送，云动溪山，崖前飞瀑划开嶂色，界破云围，万木在唱，润含琴调。

村庄景色颇幽，古木老宅，古风高雅。庄中老柏，霜皮流雨，黛色参天；老槐，新枝良木，壮身老根。村边满山之花椒树，香飘碧空，爽清满川。此处写生，身心欣悦，洗身上之浊气，清心中之郁闷，真乃仙境也！

中国画之禅宗境界

佛教进入中国后出现过许多派别，主要有八宗（三论宗、瑜伽宗、天台宗、贤首宗、禅宗、净土宗、律宗、密宗）。禅宗乃八大宗派之一。佛法本一味，但只因接受者的根性不同，以及时代及生活环境的差异，对佛法的看法各有不同。佛经云：“佛一圆音演说法，众生随类各得解”；“禅是天竺之语，具云禅那，中华翻为思惟修，亦名静虑。皆定慧之通称也。”（《禅源诸诠集都序》）因主张修习禅定，故名禅宗，又称佛心宗。创始人为菩提达摩，下传慧可、僧璨、道信，至五祖弘忍下分为南宗惠能、北宗神秀。禅宗在中国佛教各宗派中流传时间最长，至今仍延绵不绝；主张心性本净，佛性本有，见性成佛；是受大乘经典影响而形成的思想，乃佛典式象征。太虚大师说："中国佛教的特质在禅。"其终极是"明心见性"，回归精神家园，重见本来面目，在中国哲学思想上有着重要的影响，可以说禅宗是中国文人的佛学。

提到"禅"，当今已成了中国画家谈画论艺的"口头禅"。门外窥户，侃侃而谈，不得三昧谈玄论道者如过江之鲫。谓己已明，高谈阔论，放荡无检，自欺欺人。"佛之道广周法界。而细入微尘。非有非空。无内无外。后之学禅者。志穷实相。以言语为苛纤。"（《禅源诸诠集都序》）而中国画讲究从传统入手，师古人师造化，但师古人并不是一味地让你去模仿古人，而是让你穿越时空去洞察古人作画之机锋。师造化，亦不是让你照搬自然，而是让你去体悟自然。张璪云："外师造化，中得心源。"其中心思想是让画家到大自然中去碰撞心灵，汲取灵感，开启妙悟。然能有几人在身置大自然时，不以能所之观而能所俱泯的去禅意感悟呢？却是"不识庐山真面目，只缘身在此山中"。岂不知"离离春草，分明漏泄天机。历历杜鹃，尽是普门境界"（《黄龙四家录·晦堂心》）。是情尘意垢的分别智迷惑和障蔽了其本心，瑰丽的山水亦不能触发其逸兴的壮思罢了！青原惟信禅师云："老僧三十年前未参禅时，见山是山，见水是水。及至后来，亲见知识，有个入处，见山不是山，见水不是水。而今得个休歇处，依前见山只是山，见水只是水。"（《五灯会元》卷十七）如此原悟至彻悟，山事归山，水事归水。用山的感觉来看山，用水的心情来赏水，不以意识观其景色，直入禅宗审美感悟之境。而真正切入此境者能有几人？又何言"禅"呢？

以禅宗境界入画，其意不在内，而在其外。既是落笔见风骨，润墨生玄妙。晶莹澄明，玲珑剔透。意象清新美丽，生动直观，高华明澈，朴实无华，高峻深幽，庄严绚烂，纵横交错，珠珠相含，影影相摄，雍容洒脱，悠闲恬适，长养道心，去来任运，自在无拘。不随人迷己，不让自己纯洁圆满的本心，落于知见的荒草。其最终无论神品、逸品，所有作品只不过是指月的指头，而不是月亮。明清时期担当禅师曰：“画中无禅，唯画通禅；将谓将谓，不然不然。”当今中国画大部分作品一成不变，甜如年画，何谈禅意？在继承和完善传统文化作品时，不求古意而一味地抄袭和模仿古人的一笔一墨，一招一式；不去舍芜得精，而是抱残守缺。

当代中国画坛所谓“大师”林立，“学子”济济，“高研”泛泛……然而善知识者寥寥无几。真乃艺山研学寻那方，何处究术觅仙草。而认假作实，认邪作正者大有人在。“抛却自家无尽藏，沿门持钵效贫儿”“世人多蔽，贵耳贱目，重遥轻近”“他乡异县，微借风声，延颈企踵，甚于饥渴。校其长短，核其精粗”(《颜氏家训》)。慧南云：“说妙谈玄，乃太平之奸贼。行棒行喝，为乱世之英雄。”（《五灯会元》卷十七）画家要谈“禅”论“道”，首先要知道自己需有一颗澄明圆满的本心，正如洞山禅师所云：“切忌从他觅，迢迢与我疏；我今独自往，处处得逢渠。渠今正是我，我今不是渠；应须恁么会，方得契如如。”从他处得来的东西，没有了自己本具的自性，是毫无意义的。法显说道：“心生种种画，画生种种心。心画不二者，即是如来身。”故应放弃一切外知之法拣择，不让其障蔽自我本心，回归澄明之境，因禅意不可说，流水无弦有琴声。“禅非意想”“道绝功勋”“无禅

之禅，谓之真禅”（《圆悟录》卷七）。画家应在创作和研究中发现自己，而不应四处外寻他家之法来拼凑发明为自家自法，那这些所谓独特的艺术语言和艺术符号，实属抱残守缺的无明罗列和无用重复，是束缚及捆绑你的枷锁和纽带。因他家之法是“识”不是“智”，在这里“识”是砖，“智”是玉。清代画家戴熙道：“画当以神遇，若求诸迹，便落滞相。”其实在我们的心灵深处，只有那固定不变的艺术语言和艺术符号，它们是多么的单薄，我们需要更多的东西去承载我们的精神。“佛境界非是外境界有相，佛乃自觉圣智之境界也。”（《大慧普觉禅师语录》卷十九）中国画画到最高境界就是一个“善护意”。担当禅师云：“若有一笔是画，也非画；若无一笔是画，亦非画。”因为“无意”之“笔墨”等于零。怎样“善护意”呢？就是不求诸迹，不落滞相。亦如司马迁的“究天人之际，通古今之变，成一家之言”。只有护住“意”，其作品方可——见我、见性、见品。毕竟中国画创作不是搞工艺美术！画家需要有深厚的艺术修养，诗词歌赋等才艺都应具备，那些单单为形服务的“笔墨”是初级的，是工艺的。

一般的中国画作品是世俗现象片断的表现和认识，以二元观念通过推理、逻辑思维表现主客观现象的存在。而禅宗入画就必须打破二元观念，一如无别，“搅酥酪醍醐为一味”。用无知而无所不知、神秘直观的“般若”无漏智观照画面，将世俗之知升华，将乾坤万象真如显现，给观者以悟道之契机：“野云倚山，家风闲淡。秋水著月，境界澄明。”（《宏智正觉禅师广录》卷六）丘壑、山川、白云、碧水、秋月、春风……清雅明澈之作品，是启人心智的菩提大道。让观者立刻产生亲切的顿悟之境，彻悟世俗之尘劳，水月身心，通体澄明，不求外相，直入真如佛性之美。

其作品无论从触目菩提的现量境，水月相忘的直觉境，珠光交映的圆融境，饥餐困眠的日用境，任意角度进行严密的理性分析和哲学思考，都能让观者从中认识和阐明这样或那样的道理，进而使他们体会这种认识的精微之处。戴熙云："画令人惊，不如令人喜，令人喜，不如令人思。"在追求艺术技巧娴熟和画面高华的同时，更应注重其所蕴含的哲理智慧，禅意内涵，质性美感。

中国画之"儒释道"意境

中国画发展到今天，在美学思维方面除了深受儒道思想影响外，受佛教中观思维的影响也十分明显。道家在崇高和谐上与儒家并无质的分歧，只是道家的和谐观是天和观，重视以本统末，强调现象背后无形无体的"道"，因此道家的天和观提倡一种物我两冥、融入自然的和美境界。在审美言说上常以"至……无……"和"大……无……"为征。庄子曰："天地有大美而不言""至乐无乐"，老子曰："大音希声，大象无形""大巧若拙，大辩若讷"……这些充分体现了道家是以"自然无为"为最高审美境界。在谈论到中国画审美范畴时，很少有人提到佛教"中观思想"对中国画美学的渗透与影响，中观学派主张观察问题、认识事物要不落一边，要不偏不倚，综合空有二边，使之合乎中道，才能观察到世界本原或真如佛性。中观派以思维方法上的不落一边、行乎中道而得名。"中观"，如世间所说离开侧边，即中央，因此离开有无等极端，即中道。持此见解，即为中观。"中观"是佛教中的常用语。中观学派创始人龙树是公元2~3世纪时南印

度人，原是婆罗门派学者，后皈依佛教。他的宇宙生成论和本体论为中道缘起说，即以否定有无、生灭等各种对立的两个极端，用不偏不倚的观点来解释万物的缘起，进而说明世界现象。《三论玄义》云："有不自有，因空故有，空不自空，因有故空。"强调了空有的相互依持。龙树把中道提高到一般方法论的高度，强调中道就是真正把握一切事物和现象的途径与方法。《中论·观四谛品》云："众因缘生法，我说即是无（空），亦为是假名，亦是中道义。"意思是以缘为出发点，由此而表现为空假二者，合而表现为中道。中道乃在于既以假成空，又以假显空，因性空才是假有，因假有才是性空，这种中观思想实质是对佛学"空不异色，色不异空"世界观所做的方法论的提摄。佛学中那静照终极、自由圆融、超验顿悟、真假色空的宇宙意识，必然关涉艺术创构中的美之真幻和有无、形神、虚实等问题。

中国画的审美直觉思维和艺境审美受佛教"中观思想"影响颇深。中国画中所讲的"形神兼备""虚实相生""意与境浑""情景交融"等传统艺术辩证法在思维义法上与佛学中的"色空不二""不即不离""双遣双非""三谛圆融"异曲同工。《大乘玄论》卷一中云："他（师）但以有为世谛，空为真谛。今明，若有若空，皆是世谛，非有非空，始为真谛。三者，空有为二，非空有为不二，二与不二皆是世谛，非二非不二，名为真谛。"这种"双遣双非"法的系统运用旨在强调对"立"与"破"都不能执着，而要以"无所得"为宗。其中，"双遣双非"法旨在于不即不离。其暗中强调的真谛不可言说性与中国画的审美直觉思维和艺境审美特征均颇为相似。

不二论并非佛家所拥有的唯一专利，并非就是佛教的中观学或中道观，道家在中国哲学的文化体系和话语系统中拥有对不二论思想和表述方式的第一发明权。“重玄”一词源于《道德经》中的“玄之又玄，众妙之门”。虽然我们无法指出“重玄”一词最早被使用的确切时间，但是至少在东晋，佛教已经开始借用“重玄”一词。“重玄”并无特定含义，仅指微妙幽深的涅槃之境、极真之理。佛教最早的“重玄”——“双遣双非”在佛教中观的语义背景之下为道家“重玄”学所接受和完成，并最终成为其最为重要的标识性概念，而这一现象无疑正是佛道互相交涉的结果。

无论是龙树的“破执空有”，鸠摩罗什的“空有迭用”，僧肇的“不真即空”，吉藏的“空有相依”与“双遣双非”，还是天台宗的“三谛圆融”，所论述的中心问题都是“空与有的关系”实质乃是存在与意识、客观与主观之间的关系问题。这不仅是佛教哲学关注的中心，也是美学和文艺创作关注的中心。唐代张彦远云：“夫画物，特忌形貌采章，历历具足，甚谨甚细，而外露巧密。所以不患不了而患于了。既知其了，亦何必了？此非不了也。”石涛诗中云：“名山许游未许画，画必似之山必怪。变幻神奇懵懂间，不似之似当下拜。”白石老人云：“作画妙在似与不似之间，太似为媚俗，不似为欺世。”由此可见，古人在处理艺术形象与现实生活关系时，强调二者的“不即不离”，佛家所谓不即不离、是相非相、约略写其风韵，令人仿佛于灯镜传影，了然目中却捉摸不得，方是妙手。“似花还似非花”盖“不即不离也”，“不了了之”于不全中求全。古人常以“空中音”“相中色”“水中月”“镜中像”喻意境，水中月非真月，无月亮的自性，却又实实在在是月，只不过是幻月、幻象。如镜中像一样，

“真即是假，假即是真；真中有假，假中有真；真不是真，假不是假”。《西游记题辞》中对艺术真幻问题更是做了总结性阐述：“文不幻不文，幻不极不幻。是知天下极幻之事，乃极真之事，极幻之理，乃极真之理。”脂砚斋评《石头记》第二回云：“余最喜此等半有半无，半今半古，事之所无，理之必有，极玄极幻，荒唐不经之处。”

从内根与外境、有与无、客观与主观交融的角度分析世间万象，中观论对空有关系的论述，虽然包含唯心主义和神秘主义的内容，但从哲学思维和认识角度来看，中观论着眼于客观环境对人生趋向的作用；主张一切现象包括意识是相互依持相互作用而存在的；强调从主客观相互交织的关系来观察和分析事物与现象，实则又包含极为丰富的辩证法，因此所形成的系统认识，不仅与中国传统的天人合一思想、心物交融观念相互映证、相互发挥，也促使中国传统的审美思维从其认识论中不断汲取有机成分，让中国画家的审美观不断提高。然而，画家的综合修养决定了艺境的高低。画家的心意，如镜似水……镜清则像明，镜破则像裂；水静则月圆，水花则月散……高境之处，真花似假花，假花似真花，真乃好花！

霍金曾提到：金鱼的处境也是如此。它们在圆形玻璃缸里看到的景象与我们在鱼缸外看到的显然不同，但这并不妨碍它们发展出一套科学定律，来描述它们所观察到的鱼缸外物体的运动。每当你站在镜前，镜中的你和镜对面的你哪个是“真你”哪个是“假你”？如果说镜中的你是假的，那么，镜对面的人又是谁呢？模糊得无法言表！

自古以来，中国画传统的审美思维受儒释道影响颇深，最高

境界无法用语言表达，古人云："道远几时通达，路遥何日还乡。"笔墨情趣一点点，何承思绪入万千。作品的丑与美要从受众的角度来看，能否给更多人以丰富联想和美感。其"三谛圆融"观虽然追求以清净心为出发点的圆融无碍的清净境界，但以中道为佛性，强调不遣空假、不离二边、一念三千来观照诸法实相，也蕴含着极丰富的审美思想。"静故了群动，空故纳万境。"从"初发芙蓉"到"错彩镂金"，再从"初发芙蓉"到"错彩镂金"……苏轼云："无穷出清新。"

外师造化，中得心源

"外师造化，中得心源"这一理论在一定程度上可以说是中国的艺术纲领，但常被论者"望文生训"地解读为重视主观和客观，重视心物结合。这样的解释不符合这一学说的内在义理。实际上，这句话涉及词语古今义的诸多问题。

"外师造化，中得心源"，此八字诀是由唐代画家张璪提出的，是中国艺术理论的一个重要命题。此诀乃大，单从某一个角度理解是不够的，其不是取自某一之道，其涵盖甚广，既有道家哲学，又反映出佛学等诸家思想精髓，其理博大精深，总纲至简。简可理解为："师自然，得妙悟，达境界。""境"成就了中国美学理论。唐代人论艺重"境"，因唐代是中国佛学发展之盛期，尤其是禅宗境界理论，对中国美学境界理论的形成起到了决定性的作用。"心源"虽是佛家学术语，在先秦道家、儒家著作中不曾所见，但吾以为张璪的"心源"虽取之于佛语，却涵诸智"旷

古绝今”。

佛门称“心源”是本源，是万法的根源。既然“心源”之“源”是万法的“本源”或“始有”，就说明世界的一切法都从这“源”中流出，那么“悟”则来之“心源”，唯有“心源”之悟方是“真悟”。而本源见性，则悟由性起，则“心源”即“悟性”。“无悟”即无“心源”，无“心源”即无“悟性”。因此“心源”即“妙悟”，“妙悟”即“心源”。

穿越时空而逆追，中国画学史上，名言名句众多——姚最云：“学穷性表，心师造化。”李嗣真：“顾生思侔造化，得妙悟于神会。”范宽：“前人之法，未尝不近取诸物，吾与其师于人者，未若师诸物也；吾与其师于诸物者，未若师诸心。”石涛：“搜尽奇峰打草稿也，山川与予神遇而迹化也。所以终归之于大涤也。”这些都充分说明了一个核心问题：历朝历代画坛名家均以“妙悟”之体验而达“画境”之高峰。造化与心源互不相离、互不相在；你中有我，我中有你；你中无我，我中无你。单谈造化是物相，单谈心源是妙悟。合而为一造化即心源之实相，心源即造化之真性。源之原，人之初，日月照古今，古今人还别。“心源”就像永恒不变的日月，为万法之根源。有妙悟而归于智慧，以智慧来观照万物。

人有“真性”，物有“真相”。一个人只有靠“悟”才能开启先天的大智慧；只有开启了大智慧方可见性，亦即先天本有的“真性”。一个画家在没有开启“真性”以前，所谓的“艺术语言”或“艺术符号”其实都是“花样”或者说是“套路”。只有“真性”才是本有的个性，只有张扬了个性才会产生独特的“艺术语言”。而在这滚滚红尘难入静、何处寻境入清凉的时代里，作为一个画家只有远离世俗污染，走出迷惘、回归自然，方能达艺术之“境”。

天赋是中国画家的第一本源

“意在笔先”乃中国画之纲领。很多中国画画家认为，“意在笔先”是指在动笔之前要在胸中酝酿表现对象与表现方法，从而表达心像，中国画讲究“意在笔先”，立意是总纲。但笔者看来，这只表明其内涵的一小部分，“意在笔先”的“意”字乃句中之重，“意”，意识也。何为“意识”？意识是一种不受客观现实制约的纯主观的东西，它能使感觉中的现在与过去不可分割。它本身就是一个一时难以说清楚的复杂问题，从古至今人们对它的理解众说纷纭，莫衷一是。我们通常把人类特有的意识称为“思想”。那么意识从哪里来？是意识制造了宇宙，还是宇宙制造了意识？佛教云：心不自心，因物故心；物不自物，因心故物。是一，不是二。如，鸡与蛋，不存在先后的问题，是一时顿现，和梦境是一个道理。

郭思在《林泉高致》中写道：“思丱角时，侍先子游泉石。每落笔，必曰：‘画山水有法，岂得草草？’思闻一说，旋即笔记。今收拾纂集，殆数十百条，不敢失坠，用贻同好。噫！先子少从道家之学，吐故纳新，本游方外，家世无画学，盖天性得之，遂游艺于此以成名。然于潜德懿行，孝友仁施为深。则游焉息焉。此志子孙当晓也。”从这段文字可见，要成为一位中国画名家，首先，上天要赋予你天才之脑，让你具有超凡的艺术天赋；其次，

你要通过后天的努力学习并懂得阴阳之道；最后，要达到德艺双馨，还需懂得孔孟之理。《孔子家语》中有这样一段对话：子路见孔子，子曰："汝何好乐?"对曰："好长剑。"孔子曰："吾非此之问也，徒谓以子之所能，而加之以学问，岂可及乎。"子路曰："学岂益哉也?"孔子曰："夫人君而无谏臣则失正，士而无教友则失听。御狂马不释策……操弓不反檠……木受绳则直，人受谏则圣，受学重问，孰不顺哉……"子路曰："南山有竹，不柔自直，斩而用之，达于犀革。以此言之，何学之有?"孔子曰："括而羽之，镞而砺之，其入之不亦深乎。"子路再拜曰："敬而受教。"从中我们可以体会到孔子循循善诱、诲人不倦的教育思想。"不愤不启，不悱不发"，面对子路的疑惑和反问，孔子因势利导，简明而深入地纠正了子路的观点，告诉他一个人不但要有天赋，还需要后天的努力学习，方可有好的才能。

一个没有天赋的中国画画家，后天再怎么努力学习也很难成功！因为中国画讲"意"。一幅没有思想的中国画一定是不可看的。因而，从中国画的角度理解，中国画画到最后不是画出来的，而是想出来的。一个画家只有学问没有思想则罔，相反有了思想没有学问则殆。

为什么中国画画家更需要"天赋"呢？这与中国画的特性有关。比如中国的山水画在西方叫风景画，西方风景画跟中国山水画不同之处在于意识领域。风景画就是我们看到漂亮的风光，而中国山水画则是看到风光以外的意识画面，比如，你看到的、你梦到的、你想到的、你经历过的……把这些都可以概括到一幅画面里。它不是漂亮的风光，而是美丽的精神家园。中国画画家作品的表现手法一般是个人意识流动的实际，更多采用自由联想、

现实与虚幻相互交织的表现方法。其中有理智的思维，也有非理智的潜意识、下意识和幻觉等。一般的画面描写往往是画家内心的独白或意识的亮相。部分画家经常用类似蒙太奇的衔接技巧和表现手法，打破时间与空间的、主观与客观的界限，将一幅幅画展示出来，而不露描述的痕迹。一幅好的中国画作品，可以让你通过画面的笔墨看出画家的年龄，甚至当时画家作画的心情。因为，人的意识活动是连绵不断、纷乱混杂的，诸如心潮起伏、感慨万端、心烦意乱等，这种种情景都会在画家作画过程中起到重要作用。从传统的中国画的作品中，可以发现有些画家善于通过意识去体现自己的哲学思想和宗教观念。他们敢于运用假定性很大的意识去创作作品，如人与神并存等神话之类的作品，并力图使这些场面富于纪实性，使环境与人物有机融合，画面中的人物和山水承载着他们无止境的思绪和情感。

19 世纪美国实用主义哲学创始人、心理学家威廉·詹姆斯指出，人的意识活动是持续的。他在 1884 年发表的《论内省心理学所忽略的几个问题》一文中提到，人类的思维活动是一股切不开、斩不断的“流水”。他说：“意识并不是片断的连接，而是不断流动着的。用一条‘河’或者一股‘流水’的比喻来表达它是最自然的。”法国哲学家柏格森（1859—1941 年）的非理性主义强调：直觉是认识世界本体的唯一根据。他认为世界的本体是“生命冲动”，即“意识的绵延”。它是宇宙运转的唯一动力，客观万物无非是其外在表现形式而已。因此，靠理性分析永远不能把握世界的本质，只有依靠直觉才能获得实在的知识。奥地利心理学家弗洛伊德（1856—1939 年）对潜意识和无意识也有着充分的肯定。他的精神分析学说中关于潜意识和无意识的理论，意在

反驳“人是理性动物”的传统观念。他认为潜意识乃至无意识是人的生命力和意识活动的基础，人的行为动机出自人的本能冲动；人类的本能冲动经常受到社会规范及理性良知的束缚，使人充满矛盾。艺术家的创作活动就是冲破理性，发挥本能冲动的过程，借此释放受到扼制的本能。

有天赋的中国画画家往往是先打进传统，而后在打出来的同时打乱传统的条理和顺序，重新组建时空秩序，如实地呈现自我内心的感观、刺激、记忆和联想等多层次的立体感受和意识动态，所以他们的作品往往不是按照客观现实时空顺序或事件发展过程结构创作的，而是根据意识活动的逻辑来安排作品的层次和先后次序的，从而使画面的内容与形式相交融。意识渗透于作品的各个画面中，起到了内在关联作品结构的作用。画作可以说是画家内心意识活动的忠实记叙，但一些作品由于其特殊的表现形式和表现技巧，暗合形散神聚的写意性，往往过于晦涩无序，难以被大众理解，所以无法成为通俗作品的主流。在表现对象方面，有些画作脱离了传统现实主义，完全面向自我，重在表现画家自我意识的内心世界。在他们看来，现实主义和自然主义仅仅反映了外在的现实和表面的真实，而这个外部世界并不真实，真正的真实只存在于人内心的主观世界。因此，他们把创作的重心放在了对自我精神世界的描绘上，创作出来的作品是自我内在的真实。

“笔墨”的思索和联想

“笔墨”是一个整体，它无法一分为二地表现自己，但是它可以一分为二地表现其他所有物象。用公式表示如下：

笔墨 = 思想 + 载体（绢、纸等）+ n 笔 + n 墨 + x 水

“笔墨”一词只针对中国画而言。中国画画家都知道，传统中国画是画家通过思想构思用毛笔触水蘸墨在绢或纸等载体上绘制而成的。因此“笔墨”也就成了主体表现手法，久而久之品画论“笔墨”亦成了评判之主要标准。中国画里的“笔墨”实际是一个你中有我、我中有你的混沌抽象、不可分割的整体。“笔墨”在中国画坛之所以争论不休，是因为它能够引起我们的兴趣，并让我们关注它。人们在关注它的同时，也给自己带来了无限的快感。

“笔墨”是作品创作中的一种表现次序。画家和美术评论家们认为：如果没有这种次序，画家就会丧失对作品深刻的表现和信念，而无序是对美的致命一击。“笔墨”是简单的，这种简单能以一变应万变。如果“笔墨”不是简单的，而是混杂的，就会限制画家的观察能力，使其产生心理扭曲，难以跨越。若把无序的一面强加给画家，那么他们创作出来的作品就无法欣赏。实际上任何一次笔墨样式的形成首先要有一个载体（绢、纸等），无论“n 笔”“n 墨”都需要“x 水”的介入，再通过画家的思维构建形成图像，在相对的条件下产生相对的笔墨整体。“笔墨”虽然是一个整体，但是人们无法使用具体的标准去衡量它，只能相对地衡量，因为人们根本找不到它的终极标准，也无法揭示它的真相。

笔墨 = 思想 + 载体（绢、纸等）+ n 笔 + n 墨 + x 水。这个没有具体定型的“笔墨”公式，只有在画家的思维、思想、意识的支配下，才能在作品中产生出一个有次序的整体。它意味深长，

能够充分准确地表现宇宙中所有物象的美与丑。很多人总想把它变成一种定理，但无法办到。“笔墨”看上去一目了然，但我们需要认识到一切复杂均来自简洁，无论多么复杂的数学问题都离不开1、2、3、4、5、6、7、8、9、0这10个数字，多么变化无穷的歌曲都离不开1、2、3、4、5、6、7这7个音符。由此可见，大美来自简洁，“笔墨”亦是如此。它给了我们一种探索机能，因为它每一次样式的形成都不可能再生和重复，它的最高境界是模糊的，是无法用语言描述、传递的，只能用心灵去感悟。多少年来“笔墨”之所以让那么多的人去探索、去研究，去喋喋不休地“打嘴架”，正是因为它具有某种特质能触发观察者的感受力，当然观察者的素养决定了感受力的大小。开放的东西会感人，给人以无限的遐想和暗示，这种暗示表面是开朗简洁的，但是深层却掩盖着它另一面阴险的本质，因为它的周围笼罩着一种神秘感。它那种抽象的美让很多人想入非非、欲望倍增、野心勃勃。他们自认为自己有些小才能，就用大量的词汇，玄而又玄地描述着它，而它却像一个端庄娴雅的女子，拒绝一切向她示好的人。它像世间很多故事一样，常常以喜剧的方式挑逗着人们开场，却以悲剧的方式落幕。人类的信念和理想依赖于自信，完美的信念减少了人类的辛劳和痛苦。有时灾难和悲怆都无法摧毁的坚定信念，往往在人类感到无能时，土崩瓦解。

“笔墨”充满了玄妙，它靠着联想和推理、直觉和洞察，用简单描绘一切复杂，或能用复杂描绘一切简单。它让所有想一分为二说明白它的人感到无奈、无能和自卑。它以无穷无尽的变化获得永生，却让那些自觉有才能的人在它四周倒下。

浅谈中国画之“形而上”与“形而下”

当下，一谈到中国画就会扯上“形而上、形而下”的问题，从现有的思想与文字资料看，“形而上、形而下”之说是出自六经之首的《周易》。《周易·系辞上》曰：“形而上者谓之道，形而下者谓之器。”法则是无形的（法无定法），称为形而上；器用之物是有形的，称为形而下。这一对概念提出后，在中国哲学史上逐渐被哲学家引申为表述抽象和具体、本质和现象、本原和派生物的范畴。汉唐以后，哲学家曾就“形而上、形而下”的关系展开过长期的争论。形而上与形而下以“道、器”之别，面对着“自然而然”，中国古圣贤哲们为了求明、求意，在不同的智慧中找到了以“形”为界的“上、下”两域——“形而上者谓之道，形而下者谓之器。”由此可以看出中国古圣贤哲们的大智大慧。在“形而上、形而下”的分别中，以形为界，分出“上、下”和“道、器”两界。“道”为本，“器”为用，循道而器用。形有“有”与“无”的双重性格，在其上为“无”，在其下为“有”。无则言不尽意，有则致功致用。所以才有了妙道，其有玄妙之功，为形而上，即为道，不用“是什么”去规范，不必说出个所以然来，而模糊的无法言表就是形而上之道。

那么“道、器”之别何以由形划界呢？在由“形”划界中，又何以用“上、下”这样的方位（空间）范畴去指称“道、器”呢？为何古圣贤哲们没有直接以逻辑的定义方法去指出“道”是什么，“器”是什么呢？这个是非所是之中隐藏着怎样的智慧呢？

这些问题以不可解的方式统摄着后人的思维趋向。有的人崇尚逻辑主义，试图把这个“上、下”的指向规定出来；也有的人循着本质主义的趋向，迷恋于“形而上”或这个“形”背后的意义；更有知识论的模式则试图讲出“道”的所以然来。其实如果你深研佛教、道教尚可悟到！《心经》曰：“空不异色，色不异空。”老子曰：“道可道，非常道；名可名，非常名。无名，天地之始；有名，万物之母。故常无，欲以观其妙；常有，欲以观其徼。此两者，同出而异名，同谓之玄。玄之又玄，众妙之门。”《心经》中讲的“色”，就是阳性物质；“空”就是阴性物质。它们是一对阴阳：阴性的时间能量世界和阳性的空间物质世界。老子的道是因循之道，循而行之，是道的实在。而有名、无名，不在其指，而在其徼、其妙。可见老子的说法对这些问题的解答是最富有智慧的。佛家的“色不异空”相当于道家的“恍兮惚兮”。

大智慧对“形而上、形而下”的两个世界或两种界域的区别亦如此。《易经》中的“阴阳”与《心经》中“空色”二字异曲同工。易学是破译宇宙奥妙的天书，是打开宇宙密码的金钥匙，其中也包括对神学、道学和佛学之谜的探索。“放之宇宙而皆准”是阴阳学说的哲学原理。太极图中的阴、阳两仪，关键所在是“阴中有阳，阳中有阴”，对立统一。《易经》中的阴阳学说认为宇宙中一切事物都有“阴阳”两个矛盾对立面，从自然物到生命体，没有一处不存在“阴阳”对立统一的现象。据此哲理，如果把我们熟悉的物质叫作“阳性物质”，那么必然存在着与它对立的另一种“阴性物质”。这样，“阴阳”两类物质正好组成宇宙的物质总体。阳盛阴虚，阳虚阴盛，阳生阴长，物极一变，太极开合，周而复始，阴阳转化，永无止境。

当今科学证明，太阳系的形成和太阳自身演化密不可分，太阳的形成要经历三个时期、五个过程，三个时期即星云时期、变星时期和主序星时期，五个过程是冷凝收缩过程、快引力收缩过程、慢引力收缩过程、耀变过程和氢燃烧过程，这里我们不做理论推导和复杂的数学计算，只略谈物质与能量（暗物质）之间的关系。太阳系开始是从一片气态云形成的（能量变成了物质），多少亿年后又变回了气态云（物质又变成了能量）。这样的周而复始，轮回不停。那么“形而上”亦即“本原”，而什么是“本原”呢？比如，佛家讲的“空”，亦即“真心”“真如”；道家讲的“至人”“神人”“圣人”，亦即一个人，且称之为“天人”。各家不同的“着象”表述，是唯一并且永恒的自然法则。那么“形而下”就是由“本原”衍生出来的各种规律、万事万物……

“空不异色，色不异空”亦即“空中有色，色中有空，空色对峙，对立统一，色盛空虚，色虚空盛，色生空长，物极一变，天地开合，周而复始，色空转化，永无止境”。在这里，《易经》和《心经》几乎是“异口同声”，皆表述宇宙之规律。而佛教的神秘色彩加上它玄奥的语言，让很多人把《心经》中的“色”误解为“颜色”，“空”误解为“什么也没有”，何况《心经》本身强调“内修”，不好张扬，“真人不露相”“真言不明传”，谁有缘分谁来修悟。不管怎么说，对《易经》《心经》的评价再高也不算太高！人类的理解能力仍然太低太低。当前人类认识的所谓物质，指的是从光子开始，包括电子、介子、微中子……中子、质子一直到原子以及由它们组合而成的元素、分子物质。这些物质的共同特性是它们运动的极速是光速，那么，它们之外有没有

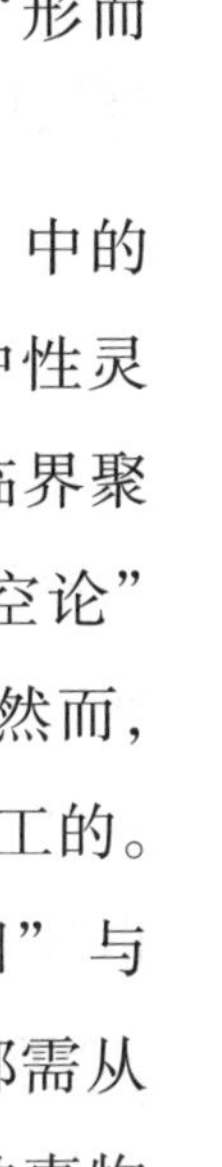

另外一种物质，其速度可以超过光速呢？看看阴阳学说对宇宙物质是如何认识的，想一想、悟一悟，自然也就理解什么是“形而上、形而下”了。

《易经》中讲的宇宙“阴阳”物质，正好对应《心经》中的“色空”两类宇宙事物。光子具有两重性，是半阴半阳的中性灵界事物。“色”通过光浸透入“空”，“空”的虚子通过光临界聚合而成粒子物质，转化成“色”（粒子世界）。这个“色空论”是佛学最早提出的，直到今天，人们还感到十分生疏难懂。然而，对于易学来说，不但好懂，其中对关键规律的认识是异曲同工的。它们术语有别，内涵一致。由此看来《易经》中的“阴阳”与《心经》中的“色空”对宇宙的认知是统一的，每一事物都需从量变发展到质变的交变时刻。阴阳交替，“物极一变”，旧的事物内部矛盾就此结束，从头出现新的开始，这样新事物又进入新的稳定期。这个规律用《心经》来表达，就是“色不异空，空不异色”，出现阴阳交变的“色即是空，空即是色”。

以上谈了这么多，最后归结为一点：“形而上、形而下”“阴阳”“空色”等虽术语有别，但其意理统一。那么对中国画而言，“形而上、形而下”的问题也就好解决了！“立象尽意”画不尽言，言不尽意。画是言意的，但画不能尽言，亦不能尽意。法自然以为道是意之所是，画言不能达于道的本真，而道之本性欲达之，只能立象以达道尽意了。中国画讲“形神兼备”，追求的不是“得意忘形、得形忘意”，而是“形意”之共性。在谈到中国画时有的画家总认为写意是形而上的，工笔、写实是形而下的。此理解羁绊着中国画之发展，束缚了中国画画家探微博大之胸怀。

中国画“知白守黑”之思索

我有一本画册，名为《禅画话禅》，听起来很有禅意，可是不知看这本画册的人是否发现，我在开篇的第一页就引用了清代画僧担当的两句话，“画中无禅，唯画通禅；将谓将谓，不然不然”“三昧在于无墨处，不劳画里觅痴僧”。可见画中无禅，如果说画中有禅，那是错误的理解。再好的一幅画作，若指月之指，指月而已，其本身并不是月亮，禅意只在画外而不在画内！佛在《金刚经》中云：“一切有为法，如梦幻泡影，如露亦如电，应作如是观。”这首偈子清晰地告诉我们：不要执着于事物的表面现象，因为一切有为法都是虚妄不实的，如梦幻泡影一般无常，如同早晨露水、空中闪电般须臾、刹那，所有法都应该如此来认知。画作亦如此，一幅好的作品本身并没有什么可让人高歌的禅境，其所具有的最大作用无非是通向大道的地图。它可以让人弦外觅境，体悟大道。

“知白守黑”这个成语源于老子《道德经》第二十八章的“知其白，守其黑，为天下式”。对这句话的翻译与解释，历来学者们各执己见，莫衷一是，让人了义不得。其实这句不需另寻他解，老子的弟子尹喜在其著作《关尹子》中已经解释得很明白了。《关尹子》中云：“吾道如处暗。夫处明者不见暗中一物，而处暗者能见明中区事。”可见“道”如同在暗处。因为在明处不可能见到暗处任何东西，而在暗处可以见到明处的所有事物。我想理解了《关尹子》中的这一段话，也就理解了什么是“知其白，守其黑”了！当然守住“黑”的言外之意不是为了来看明处的事物，而是不要有憎爱的分别心，明而不明，本心清静如初。正如《道德经》第四十一章中所言“明道若昧”，“昧”字就是“暗”“不明”的意思。心若处暗，心神清静，自然眼见而不为其明，也就不去分别了！佛教有个词叫“三昧”，源于梵语，也译为“三摩地”，意思就是止息杂念，使心神清静。《大智度论》中云：“善心一处住不动，是名三昧。”可见天下“范式”之所在。

“知白守黑”一词，什么时候进入书画理论我们无法准确考证，当然也没有必要去考证。我问过很多人这个词的意思，基本都答非所问，不得其解。当然，这也无可厚非，人不同，思想、理解肯定会有所不同。老子说：“知其白，守其黑，为天下式。”这个天下的“式”，用今天的话来说就是“范畴”。“范畴”为哲学用语，出自“洪范九畴”，是高级的概念，能应用于任何事物，是一个普遍的哲学概念。《尚书》中有“洪范”一说。何为“洪范”？所谓的“范”，就是制作青铜器的模具。制作青铜器以前，要先按要求用泥制作一个模型，然后在模型的基础上反模一个“范”，把铜水倒进“范”里，凝结后就可得到与模型相同的青铜器了。其实我们今天所说的“模范”一词，就来源于此。青铜有范，治国也有范，老子讲治国的“范”是什么？就是“道”。而这个“范”用在中国画中是什么呢？我想所有画家及美术理论家对这个概念都是模糊不清的。为什么这样说呢？因为这是一个高级而普遍的哲学概念，冒天下之“范式”。因此“知白守黑”一词，用于中国画理论中亦无可厚非。然能有几人明白“知白守黑”应用于画面笔墨的布局中却是“反相”的呢？何为“反相”？简单地说就是原来的“黑”此时变“白”了，“计白当黑”了！

画面中笔墨表现的所有物象内容，都是明处所见之相。而画面的“空白”处，则是“守黑”之处。黄宾虹曾教诲林散之：古人重实处，尤重虚处；重黑处，尤重白处；所谓知白守黑，计白当黑，此理最微，君宜领会。君之书法，实处多，虚处少；黑处见力量，白处欠功夫。可见画面的“空白”处是“守黑”之处，与现代绘画中所说的“负形”相同。现代绘画中认为画面的“空白”与“主体”内容同等重要，所以将“主体内容”称为“正形”，“空白处”称为“负形”，“正形”与“负形”相互作用，因此而产生了“正”与“负”的画面结构。当然这是一个画面空间问题，说起来就话长了，在此我们不一一赘述。

对于绘画作品而言，再有名的画家也无须表白其作品本身有多么高的艺术境界。艺术最高境界是模糊的，无法思考、描述、传递，只能用心灵去感悟而达到“空相如一”。绘画作品的生命力在画外而不在画内，是通过“形式”来言画外“形势”而体现出的一种思想及精神状态。法国著名文艺理论家丹纳曾在《艺术哲学》中说：“每个形势产生一种精神状态，接着产生一批与精神状态相适应的艺术品。因为这个缘故，每个新形势都要产生一种新的精神状态，一批新的作品。”可见“形式”是“形势”及“精神状态”的体现。一件好的艺术作品可以穿越时空，展现另一个世界的某些东西，展现时空中不同时间的不同层面，给观者以无限的思考。因而艺术家的作用就是要给有限的“形式”赋予无限的精神。由此可见，画内“知白守黑”的重点应在于能让观者于画外体悟到什么是“知白守黑”的“天下式”，而非画本身“形式”的玄乎！

老子《道德经》第一章中云：“道可道，非常道；名可名，

非常名。”大意是：道可得可行，但不是“恒常”的道；名可言可称，但不是“恒常”的名。对这一句的翻译与解释，历来学者们是各执己见，莫衷一是。其实研究古人的经典，最好是在精神上能穿越时空回到他们的时代，只有这样才能更好地体悟。古人云：“取法乎上，仅得其中；取法乎中，仅得其下。”对于《道德经》的理解，要说乎上，最乎上的应该是老子的两个弟子：辛文子与尹喜。这两人都有传世经典，辛文子有《通玄真经》、尹喜有《关尹子》。通过这两部经典我们可以轻松准确地诠释《道德经》。

老子在《道德经》开篇第一章就告诉我们什么是“道”，以及“道”的精神、特征、特性，也可以说是“道”的本体或本来面目，用今天的话来说就是“宇宙”的本来面目。为什么这样说呢？根据在于《关尹子·宇》中的“道终不可得，彼可得者，名德不名道。道终不可行，彼可行者，名行不名道”。意思是说“道”终究是不可得的，你可以得到的，名叫“德”不叫“道”。“道”终究是不可行走的，你可以行走的，名叫“路”不叫“道”。由此可见，“道”不可得到、不可行走、不可言说、不可称呼，是无名无相的。文子《通玄真经》第一卷中记载，老子曰：“夫事生者，应变而动。变生于时，知时者，无常之行。故‘道可道，非常道；名可名，非常名’。书者言之所生也，言出于智，智者不知，非常道也；名可名，非藏书者也。”绘画作品与书一样，也是一种言语的表达，无非它更直观、更形象，也是一种道理的表达，可以让观者言外生智。《通玄真经》第五卷中老子曰：“闻而知之，圣也；见而知之，智也。”

有一次，我和一位画画的人聊天。他对我说他的画中有

"神"，我问他"神"在哪里？他非常玄乎地说："在空间中有那么很小的一点点。"我很肯定地对他说："那你着相了！"佛在《金刚经》中云："凡所有相，皆是虚妄。若见诸相非相，则见如来。""若以色见我，以音声求我；是人行邪道，不能见如来。"这里的"见"字，不是眼见的"见"，是"见性"的见。释迦牟尼佛告诉须菩提：大千世界的所有的形相，全都是虚妄而不真实的。如果能体悟到众形相都不是真实的形相，那就是体悟到如来了。那什么是"如来"呢？《金刚经》中佛告诉我们说："无所从来，亦无所去。"没有从哪个地方来，也没有到哪个地方去，本来就这样。三祖僧璨《信心铭》中云："莫逐有缘，勿住空忍。一种平怀，泯然自尽。"这里的"有缘"和"空忍"，是谈"有"和"空"的。"有"和"空"是佛教中的重要概念，一般的人对"有"字能懂其意思，但往往把"空"字误认为是什么都没有的"空"，这是不对的，如果这样理解就执空了。这个是心无一物的自然空无，所以执有、执空都是不正确的。那怎样理解才正确呢？我认为不执着于有，也不执着于空，以"平怀"对待。平怀了也就平等了，平等了也就没有什么分别、憎爱和是非的对立了，对立不存在了，万物也就绝对了。不住空有，没有了对立，也就没有了拣择、分别和憎爱，存在也就消失了，也就凡圣一如，泯然自尽了。

一幅没有弦外音的绘画作品，若尘沙、粉珠、碎玉，形质虽有区别，然境界却别无它殊，无非"花花"而已，厅堂之上的装饰罢了！一幅好的绘画作品，纵然不能指向"恒常"大道，起码亦如洗衣粉能涤荡污垢，让观者以借摄心，不忍废去，亦可传承。因此一幅好画，一定是指向大道的地图！画僧担当说过："若有一笔是画，也非画，若无一笔是画，也非画。”可见“画”不是“花花”，也不是“画画”，而是“化画”，指向大道的“心画”！东晋高僧法显说：“心生种种画，画生种种心，心画不二者，即是如来身。”

浅谈中国画中的“正负形”与“空间”关系

有人说“正负形”是由“图底”关系转变而来的，是舶来品。其实不然，世界上最早的“正负形”就是中国古代的“太极图”。你看古人设计的太极图，均衡互动，简洁大方，应物不穷，很有意思！圆中有阴阳鱼，黑鱼中有个白眼，白鱼中有个黑眼。意思是太阴当中有小阳，太阳当中有小阴。其实如果你把两个鱼眼放大了来看，还是这样一套阴阳鱼，向内向外永远是这样，无穷无尽。阴中有阳、阳中有阴，你中有我、我中有你，变化无穷。《易传·系辞上》中云：“易有太极，是生两仪，两仪生四象，四象生八卦。”

如今的“正负形”与“空间”观念，被广泛应用于绘画艺术等诸多领域。它可以通过平面构成，给人以多维空间的幻觉，让人沉浸在多维的时空中，真乃魅力无穷！有人认为“正负形”的运用，先见于平面设计，后见于绘画创作。不过我认为“正负形”的构成在传统中国画中，已不是什么稀奇的东西，所谓的“散点透视”已经充分说明了这一点。当然中国画的画面笔墨构成，用“散点透视”是讲不通的！为什么这样说呢？因为这一说法“有其名而无其实”。关于“透视”一说，无论“焦点透视”

还是“散点透视”，都是舶来品。是谁将这一说法强加给中国画的，我们不得而知。不过任何一件事情，当说的人多了，无论真假，时间长了，人们自然也就当真了。俗话说，“真作假时假亦真，假作真时真亦假”。这句话原本不是这样的，不知是哪位后人改的。这句话出自曹雪芹《红楼梦》中的一副对联：“假作真时真亦假，无为有处有还无”，意思是说把假的当作真的，真的也是假的；把没有当成有，有也是没有。其实真假之间本无定论，在此我就不咬文嚼字了。关于“散点透视”用在中国画上“有其名而无其实”的问题，在此我亦不多加解释，可能你心中有些疑问，不过这无关紧要，我想当境界到了的时候你自然也就明白为什么了。

传统中国画的笔墨构成，具有不可重复的多元性，画内“形式”体现出了画外“形势”、“思想”与“精神状态”，属于“前现代”哲学的艺术的表现方式。而当今绘画中的“正负形”与“空间”观念，更多注重的是画内语言构成的艺术视觉效果，而轻视了画外音的表现。这也是“后现代”哲学的不足之处，只注重“语言符号”与“形式”的多元，而轻视了画外的“形势”、“思想”与“精神状态”的表现。

当下关于绘画的“正负形”与“空间”的观念有一种理论，其将绘画中的“空间”分成了几种，如自然空间、平面绘画空间、时空绘画空间、非现实绘画空间等。我想对中国画而言，这大可不必。无论你是什么空间，都是画面空间。没有载体，空间是梦幻的；有了载体，空间也是梦幻的。无论是点线面、黑白灰，浓淡干枯湿等所有的表现形式，都是为“正负形”与“空间”关系服务的，皆是非真实的梦幻表现，都可给观者多维梦幻时空的享受。然而在享受这多维梦幻时空的同时，能有几人明白，形体与空间是一不是二呢？其实小小画面空间，虽方寸之域，岂知不通往大道？为什么这样说呢？《关尹子》中云："是道也，其来无今，其往无古，其高无盖，其低无载，其大无外，其小无内，其外无物，其内无人，其近无我，其远无彼。不可析，不可合，不可喻，不可思。惟其浑沦，所以为道。"由此可见，"道"是无古无今，无高无低，无外无内，无近无远，无我无彼，不可分，不可合，不可说，不可思的混沌。用佛教的话来说就是"法藏妙体"。内观其心的时候，"法藏妙体"是如如不动的，没有任何欲望，这种空虚其怀的无欲境界若《道德经》中的"无名"。而这种"无欲"就是对"佛""道"等所有概念名称不执着，更不用说执着什么画面中"正负形"与"空间"的问题了。

一个真正的画家，是不会过分表现自己画中"正负形"与"空间"技巧的，也不会说自己的画中有什么"禅"啊、"道"的。为什么这样说呢？因为"禅""道"在画外而不在画内。达到如此境界方可洞察"道"生养天地万物的奥妙。宇宙万物到底是怎样生成的？用语言文字是无法思辨回答的。譬如说你非要一个准确的答案来说明到底是先有了鸡还是先有了蛋，我想这个问题是谁也无法回答的。这与争论"正负形"中"正"与"负"谁先谁后的问题一样，很容易陷于轮回所见。其实这是在用思辨之心来思辨问题，其结果就是不可能脱离思辨。只有放下思辨的分别心，才可以体悟到"无中生有"的奥妙，才不会被所谓的"正负形"与"空间"问题所束缚。只有达到如此境界，方可洞彻白纸之上笔墨跃然妙生的梦幻。此时画中的"正负形"

与“空间”的关系，不再是你心中纠结的问题。当然为了展览，注重一下“正负形”与“空间”的关系也无可厚非。但是要明白“正负形”与“空间”是同时产生的。“正形”形成的同时就是“负形”的形成；“负形”形成的同时就是“正形”的形成，两者也是一不是二。“正负形”形成的同时就是“空间”的形成；“空间”形成的同时就是“正负形”的形成，两者也是一不是二。无论是“图”转“底”还是“底”转“图”，皆如此合二为一，相辅相成。所以说创作中不要过分追求画面中“正负形”与“空间”的关系，有过分的欲望，就不可能得到和谐的作品。

道家和佛家都提倡“无欲”。三祖僧璨大师《信心铭》中云：“至道无难，唯嫌拣择。但莫憎爱，洞然明白。”因为“欲望”让人类有了拣择、憎爱的分别心。也可以说因为拣择、憎爱的分别心，让人类有了“欲望”。如果这一切心都没有了，那什么是道、什么是佛也就可以通晓了。当然这种“无欲”不是刻意的，而是自然而然的。为什么这样说呢？因为当我们去刻意控制“欲望”的时候，“无欲”是一种刻意的“无欲”，是在用一个“欲望”来压抑另一个“欲望”，岂不知这种做法是“以妄抑妄”的大妄。同样，当我们思辨“正负形”与“空间”布局的时候，“正负形”与“空间”是刻意的，是意识先入为主，这样就会造成画面因刻意而呆板。如果我们真能达到不为“正负形”而“正负形”，不为“空间”而“空间”，那么矛盾中的画面将呈现出圆融完美的和谐，此时创作出来的作品一定是梦幻、空灵而自然的，赏心悦目，动人心魄；既可外观其徼，亦可内观其妙。在这种状态中妙生的画面，可给予观者无穷的遐想。

“图底关系”在国展作品创作中的巧妙运用

图底，涵盖平面之一切作品创作。“图底”也可以称“正负形”。何为“图”，何为“底”？何为“正形”，何为“负形”呢？一幅完整的作品离不开“图形”和“背景”。作品中具有实体内容的部分是“图”，也可以称“正形”；空白的部分是“底”，也可以称“负形”。从空间关系上可以这样认为：“图”在前，“底”在后。

图底是二维平面的，在绘画作品创作中，以起承转合体现二维、三维甚至多维空间。“图底关系”是“实图”与“空白底”之间的关系，也可以说是“实体”与“虚体”之间的关系。简单地说“实体”是“图”，虚体是“底”。不过这种认识是相对的而不是绝对的，因为“实”和“虚”是可以相互转换的，它们之间本来就不存在谁是“图”、谁是“底”的关系。创作中不能只专注“实图”本身，因为“图”与“底”同等重要。如果把“实图”中的内容清空而放到“空白底”中，那么原来的“实图”此时就变成“空白底”了。由此可见，图亦异底亦不异底；底亦异图亦不异图。图即是底，底即是图。你中有我，我中有你，不二章法，美妙共生，圆融无碍。

近几年，大部分作者在国展作品创作中尤重“图底关系”。不过一般都习惯注重“图”的内容及边缘轮廓的处理，而轻视“底”的边缘轮廓。岂不知“图”与“底”的边缘轮廓同等重要！如果“底”的边缘轮廓组合得不美，那“图”的边缘轮廓也

一定不漂亮，因为它们之间本来就是相互衬托的。因此只注重“图”的内容及边缘轮廓，而忽视“底”的边缘轮廓，就会失去空间营造所呈现出的美感。有时候对于一幅作品，你总觉得画面构图不舒服，又找不到问题，原因大概就在此。当然，“图底关系”不是单一的，其关系到“点线面”“黑白灰”是否和谐等方面的诸多问题。创作中要时刻注意“图底关系”的运用，以便调整空间营造。画面是否和谐，不只是简单的二维空间问题，更重要的还是“图”与“底”、“底”与“图”的互换、互衬关系，创作之前的草图小稿就应注意“图底关系”，这样可以丰富你的创作思路。

绘画作品属于视觉艺术，当今关于视觉系统的研究比较多，但对视觉过程仍然缺乏清晰、科学的了解。创作中要处理好“图底关系”，首先需要弄明白“视错觉”问题。简单地说，“视错觉”就是人观察物体时形成的感知与客观事实不相符而造成的错误判断。关于“视错觉”虽然迄今未有确切的解释，但生活中人们很容易被自己的视觉系统欺骗。一般我们都认为，观看视野内的任何东西清晰度都是一样的，其实这是错误的。实际上，如果我们在观看物体时能目不转睛地注视一会儿，就会发现只有被注视的中心物体清晰度高，而偏离视觉中心的物体是模糊的，视野外围的就更模糊了。这一点之所以不容易被发现，是因为平时我们在观看物体的时候眼睛是不断移动的，是这种错觉让我们感到观看的物体都同样清晰。日常生活中，我们所遇到的“视错觉”例子有很多，譬如“黑圆”与“白圆”，虽然两个圆的直径一般大，可是给人的感觉却是“白圆”大、“黑圆”小。这是因为白色给人以扩张的感觉，而黑色却给人以收缩的感觉。在创作作品

中运用“视错觉”可以达到虚中见实、曲中见直等很多意想不到的效果。譬如，创作中当我们发现画面内容居中了，这时候如果我们会运用“视错觉”的话，添加简单的一个点、一条线或是一块色块，就可以轻松解决。

大部分作者在画面构图时最愿意运用的法宝就是“图底关系”。部分初学者因其对此掌握得还不太熟练，一般情况下是先借用画册中别人的作品构图反倒一下，然后再根据自己的创意，置换新的元素，从而形成自己的作品。这对初学者速成可以说是好办法，也可以说是没有办法的办法。其实如果真正弄明白了“图底关系”，就算是初学者亦不需要借用别人的构图，因为生活中到处都是“图底关系”，只因你不懂，所以你发现不了。到底何为“图”？何为“底”？可能你感觉自己早就明白了，其实是没有真正明白。如果你真正明白了，就不会借用任何画册中的构图。为什么这样说呢？因为世界上所有人为的造型艺术皆源于“仿生学”，绘画亦不例外。生活中我们见到的所有物体，注视下都是“图”。假如舍去“图”中物体本身的具体内容，只留下物体的外边缘轮廓皆是“底”。可见“底”如同“透影”“剪纸”，只能见其外边缘轮廓，而不能见其内部本身的具体内容。当你真的明白了“图底关系”后，你将有用不完的画面构图。世界上没有两片一样的叶子，也没有两张一样的面孔，只有你用不完的物体外轮廓。譬如一片叶子的外形轮廓，你可以整体用，也可以裁剪用。这样的用法，你能用完吗？我认为是用不完的。

当然，解决了“图底关系”的问题，并不代表解决了作品的所有问题，因为作品的内容、造型、色彩及作品的思想、精神状态亦不可小觑。这一切都需要掌握应用得比较熟练。要善用矛盾的“图底”及“视错觉”关系，将不可思议的异质事物进行巧妙的组合构成，从而体现平面、立体空间的理性秩序。在看似荒谬的视觉形象中，尽量让观者能产生一种视觉上的新知。更甚者能以简练的点、线、面来构成简洁、幽默、巧妙的语言，以客观、风趣、空灵、梦幻的形式呈现于观者。在“角度感”“形象感”“立体感”等诸多方面都能做到颇具新意，让观者叹为观止。

当今作者在国展作品创作中，非常喜欢用异质同构的“图底关系”组合理念，以视觉符号的新形式来体现作品的新意境。然而任何事物都有其双面性，作者在创作中巧妙运用异质同构“图底关系”带来成果的同时，也产生了一定的负面作用。近些年很多在国展中频频获奖的作者，至今也没有成为中国画坛的翘楚，原因就在于他们在创作中刻意地使用技巧，反而束缚了其灵动的心手。所以，要学会灵活巧妙地运用“图底关系”，不应生搬硬套，要做到笔随心运，心随笔运，笔心、心笔同运，方可信手拈来，妙造自然。

中国画与“绘事后素”之关系

孔子之“绘事后素”绘画思想，体现出了中国传统文化质朴的大道哲学，至今有着极其深远的影响。任何时候都应深研其内涵，究其真义，正本清源。国学大道，文之精髓。连吾国脉，牵吾国运。随情潜入，润滋民性。

自20世纪初以来，西学舶来，国学渐隐。文学艺术，百花齐放。中国画坛，才人辈出。追求个性，标榜异调。传统艺术，滞后待兴。“绘事后素”何时用于中国画理论中的，我们不得而知，亦无法考证。但对这一理论的理解与解释是否有本末倒置之谬，在此我们不妄加评议。“绘事后素”出自《论语》。《论语·八佾》中，子夏问曰：“‘巧笑倩兮，美目盼兮，素以为绚兮。’何谓也？”子曰：“绘事后素。”曰：“礼后乎？”子曰：“起予者商也，始可与言《诗》已矣！”子夏者，春秋晋国人，姓卜名商，孔丘之弟子，“孔门十哲”“七十二贤”之一也，尤长经典训诂。句中“巧笑倩兮，美目盼兮”乃《诗经》之典句。原以赞扬卫庄公之妻美好之笑容，明亮之眸子。句中“素以为绚兮”意在描述天生质朴素雅的自然之美。我读过很多关于“绘事后素”的文章，乍一看，真乃各领风骚，独具见解。然若细细品来，却无非拾人牙慧，语殊而义同罢了！多解“素”字为白底、白丝绢、白纸等。若以此解，“绘事后素”就理所当然地成为“在白色的载体上绘画”了！不知这样的解释是否完全远离了孔子的本意？因此我经常劝我的徒弟们要深研国学，探赜索隐，以求大道。以佛“四依法”所开示：依法不依人；依义不依语；依智不依识；依了义经不依不了义经。书读百遍，其义自见。《诗经·硕人》中对卫庄公之妻庄姜的描写，至今被誉为汉语中描写美女的开山之作。但对于《论语·八佾》中子夏所引用的“巧笑倩兮，美目盼兮”，不可只研字面意思，应究其言外之意。从字面上来看，“巧笑倩兮”大意是，一笑就有两个小酒窝，言外之意却是在说美丽自然的“小酒窝”是天生的，不是人为的；“美目盼兮”的字面大意是，一双美丽的大眼睛顾盼有神、风情万种，言外之意却是在说一双美丽的大眼睛也是天生自然的，没有任何人为因素的；“素以为绚兮”的字面意思是，天生质朴素雅的自然之美，言外之意却是说真正的大美是质朴而天生自然的绚丽，不需要任何后天的外加装饰，只要简单的梳洗打扮，足以体现天生的自然之大美。假如没有天生质朴素雅的自然之美，任凭你后天再怎样梳妆打扮，涂脂抹粉，也是枉然的。其实“素”本身就是一种绚丽，后天再多的脂粉也无法达到这种自然质朴的天然之美。子夏问老师孔子：“何谓也？”什么是最美？孔子曰：“绘事后素。”意思是说：天生质朴的美最美，人为修饰的美次之。子夏又问：“礼后乎？”礼也次之吗？孔子回答说：“起予者商也，始可与言《诗》已矣！”启发我的是子夏，你可以与我讨论《诗经》了。言外之意是《诗经》乃上古之韵，纯真质朴，符合社会公认的道德原则，所以说礼也是第二位的。

孔子的儒家思想从纲纪上说与佛、道一样，皆提倡返璞归真，不喜欢粉饰于外而不纯朴于内的事物。老子《道德经》第三十八章云：“上德不德，是以有德；下德不失德，是以无德……故失道而后德，失德而后仁，失仁而后义，失义而后礼。”其实一个真正有高尚品德的人，是不会粉饰表白自己有品德的，所以说他有品德；而没有高尚品德的人，却喜欢粉饰表白自己有品德，所以说他没有品德。因此认为“素”是最好的，“绘事”次之。如果我们把“绘事后素”解释为在一张白纸上画画，或是画好了画用白底子去衬托，这样的解释是否远离孔子的本意，我想时间会说明一切的！当然如果我们非要断章取义地把“绘事后素”用于中国画理论中，也无可厚非。理解不同，所用亦不同。正如《论语·微子》中云：“无可无不可。”

我常言解读古人的经典，应在精神上穿越时空回到他们生活的时代去体悟其哲理。我体悟到的则是：宁读原经一百遍，不以后人论一段。上下穿越五千年，愿解圣典真实面。

中国画笔墨之“玩索”

要谈“玩索”，先知“玩索”，不知“玩索”，云何“玩索”。何为“玩”？何为“索”？先谈“玩”，再谈“索”，然后谈“玩索”。“玩”古同“翫”。两个字是异体同义，不存在“繁体”与“简体”的关系。“翫”字，左边为“習”，右边为“元”。“習”从“羽”从“白”，简体为“习”，是会意字，与鸟飞有关，本义为小鸟反复地试飞。右边一个“元”字，《周易·乾》卦辞：元，亨，利，贞，代表乾卦的四种基本性质，指的是“天”之“上德”没有主宰，无公无私，生成养育万物，一切顺应自然。我认为要读懂《周易》首先要弄明白“元”“亨”“利”“贞”这四个字的基本含义，只有这样，方通《周易》之用。在此，我们不做赘述，只谈“元”字，不谈其他。“元”，为大、为始。“彖曰：大哉乾元，万物资始，乃统天。云行雨施，品物流行。”孔颖达疏：“元，始也。”可见“元”是宇宙万物的开始，亦可以说是根本、核心或纲领。“元”本无名，强名为“元”。《周易·乾·文言》曰，“元者，善之长也”。元始是众善的领袖。其实上天本来不善不恶的，是因人类后天的自我成见行为，悖逆了上天生养自然的大道，才有了“善”与“恶”之分。《道德经》第二章中云：“天下皆知美之为美，斯恶矣；皆知善之为善，斯不善矣。”意思是天下都知道美的为美，这样就有丑了；都知道善的为善，这样就有不善了。可见初心发乎善念，是一切美好的开始。《易传·系辞上》中云：“圣人设卦，观象系辞焉而明吉凶，刚柔相推而生变化。是故，吉凶者，失得之象也。悔吝者，忧虞之象也。变化者，进退之象也。刚柔者，昼夜之象也。六爻之动，三极之道也。是故，君子所居而安者，易之序也。所乐而玩者，爻之辞也。是故，君子居则观其象，而玩其辞；动则观其变，而玩其占。是故自天佑之，吉无不利。”由此我们可以体悟“玩”字的内涵，明了“玩”字的本义，知道应该怎样玩了！

明白了“玩”字，下面我们再来看一下“索”字。“索”字，意为大绳子或大链子，亦喻万事万物之根本或纲领。譬如我们常说的探索、求索等，均指探求万事万物之根本或纲领。《易传·系辞上》中云，“探赜索隐，钩深致远，以定天下之吉凶”。成语“钩深索隐”即源于此。我们也可以从以下常用成语中来体悟一下“索”字的意义，譬如八索九丘、求索无厌、存神索至、按图索骥、涵泳玩索、一索成男、以索续组、朽索驭马、倒裳索领等。当然对这些成语的理解，不要一味地望文生义，需深领其内涵，方可了其真意。否则就会差之毫厘，谬以千里，让人哑然失笑。

知道了什么是“玩”，什么是“索”，自然也就知道了什么是“玩索”。“玩索”不是玩耍，是体悟探求的意思，亦即体悟探求万事万物之根本或纲领。中国画之根本或纲领在于“思想”与“笔墨”、“精神”与“形势”的同运，心手共唱，偶必结合的自然建立。“笔墨”是这样一个整体，虽然无法一分为二地表现自

己，却可以一分为二地表现其他所有物象。用公式可以这样表示：笔墨 = 思想 + 载体（绢、纸等）+ n 笔 + n 墨 + x 水。中国画之“笔墨”实际是一个你中有我、我中有你的混沌抽象而不可分割的整体。它以看似无序的有序，呈现出每个画家的修养与思想及精神形势。正是这种无序而有序的“笔墨”维护着创作上的一种表现秩序。若是创作中没有了这种无序而有序的秩序，画家就会丧失对作品深刻的表现和信念。其实“笔墨”是简单的，这种简单能以一变应万变。如果“笔墨”不是简单的，而是混杂无序的，就会限制画家的观察能力，使其产生心理扭曲，难以跨越。《道德经》第四十二章中云：“道生一，一生二，二生三，三生万物。”天地万物一切源于道而归于道。一即一切，一切即一，纲举目张。

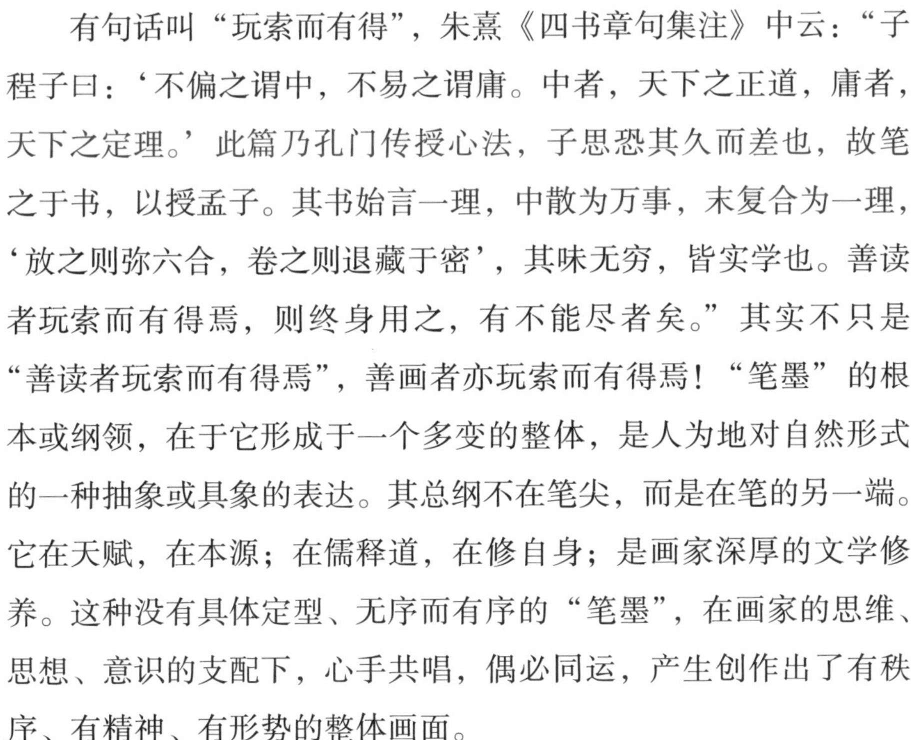

有句话叫“玩索而有得”，朱熹《四书章句集注》中云：“子程子曰：‘不偏之谓中，不易之谓庸。中者，天下之正道，庸者，天下之定理。’此篇乃孔门传授心法，子思恐其久而差也，故笔之于书，以授孟子。其书始言一理，中散为万事，末复合为一理，‘放之则弥六合，卷之则退藏于密’，其味无穷，皆实学也。善读者玩索而有得焉，则终身用之，有不能尽者矣。”其实不只是“善读者玩索而有得焉”，善画者亦玩索而有得焉！“笔墨”的根本或纲领，在于它形成于一个多变的整体，是人为地对自然形式的一种抽象或具象的表达。其总纲不在笔尖，而是在笔的另一端。它在天赋，在本源；在儒释道，在修自身；是画家深厚的文学修养。这种没有具体定型、无序而有序的“笔墨”，在画家的思维、思想、意识的支配下，心手共唱，偶必同运，产生创作出了有秩序、有精神、有形势的整体画面。

当下中国画传统笔墨在继承与发扬上，可谓以索续组不及古人。大多数中国画画家只注意其表象而未究其根本或纲领，不知舍芜得精而懔朽索，戒持盈，却是朽索驭马而倒裳索领，造成了中国画创作上笔墨运用的穷途末路。工笔与写意之间有了质的区别，让传统高古，内涵哲理，信、达、雅、真的中国画变成了工艺品，真乃寒及人心！故，我认为要想真正了义中国画之“笔墨”，不可偏执一域，应究其根本或纲领而“玩索”！

浅谈中国画作品创作位置经营之“坐”“向”“势”“气”

中国画作品创作位置经营的“坐”、“向”、“势”、“气”，在于“笔墨”与“画面四边”人为运动的自然关系。人为运动的笔墨，心手共唱，偶必同运，自然有序，所营造出的画面应为：“坐”与“向”起承转合，圆融和谐；“势”与“气”虚实荡然，旷然无累。这样的中国画作品自然是悦人耳目、动人心魄之作，否则不然！

“坐”乃笔墨之起处；“向”乃与“坐”相对；“势”乃“坐”与“向”之间笔墨相互运行之动态；“气”乃“坐”与“向”之间笔墨相互运行动态中留下的空白，亦即无笔墨之笔断意连之处。

画面四边之内，从“下”起笔，“下”坐“上”向；从“上”起笔，“上”坐“下”向；从“左”起笔，“左”坐“右”

向；从“右”起笔，“右”坐“左”向；从“前”起笔，“前”坐“后”向；从“后”起笔，“后”坐“前”向。笔墨起处为“坐”，相对运行之向为“向”。譬如，从北京到南京，“北京”为“坐”，“南京”为“向”；从南京到北京，“南京”为“坐”，“北京”为“向”，以此类推。“坐”与“向”之间笔墨相互运行动态中，“向”中见“势”，“势”中见“气”。

生活中很多方面都讲“坐位”，其实画面也讲“坐位”，起笔即“坐位”处，只是一般人不明白这个道理。风水堪舆学中有一个极为重要的概念，叫“二十四山向”，是用来布局定位的。风水上，三百六十度圆分为二十四方位，每个方位占十五度，用来确定“坐山”和“朝向”，所以叫“二十四山向”。根据“二十四山向”很容易理解中国画作品创作“位置经营”中的“坐”“向”“势”“气”。故一个中国画名家要有深厚的国学底蕴，否则无非是工匠而已。其实任何一幅中国画作品，表现的无非是空间和时间。位置经营不是一成不变的，所以要想在作品创作中使位置经营达到变化无穷，就必须弄明白其中的“坐”“向”“势”“气”之理。因为世界万物没有两个完全相同的个体，这是“黄金定律”。

自古以来，中国画讲究笔墨严谨。而在严谨的笔墨绘画过程中，要想达到最高境界，重要的却不在笔尖而是在笔的另一端，亦即个人天赋、修养及天地之灵气。因此，中国画作品创作中“笔墨运行”需要通过一点“放肆”来达到心手共唱，偶必同运。因为中国画作品创作的最高“境界”往往产生于“模糊”的“偶然”。无意之所得及无序而有序之秩序，往往是好的。有的人认为“放肆”不好，因为放肆会让画走形。我认为这么看问题是片面的。这取决于你怎么“放肆”，有时候放肆未必不好，不放肆也未必就是最佳。如同鱼儿在水里，不放肆就不可能跃龙门，老虎在深山里，不放肆岂能长啸山林！当然，我所说的“放肆”不是生活中的那种无拘无束的放肆，而是恣意胸怀的一种豪放。

但凡书画大家在创作作品中，一定要具备随机应变、通篇勾连的能力。起笔以“坐”，走笔以“向”，显力以“势”，贯神以“气”。这样创作出来的作品才会悦人耳目，动人心魄。自古以来，中国历代书画大家皆达此境。例如，张璪作画过程中追求灵性的彻底自由；大书法家张旭、怀素追求那种看似狂而不狂之“狂态”。而这种看似狂而不狂之“狂态”，并不是真正意义上的狂态，而是一种不为束缚的心灵表达。大书法家王羲之如果没有如此能力，就不可能有今天的传世宝帖摹本《兰亭序》了！

当下中国画作品，特别是大展作品，一般都是按图索骥，以形对象，按照画面构图的需要，寻找合理的写生对象，再将写生稿或照片 PS 提线稿以其合适的比例选图，从无秩序的资料中挑选出有秩序的画面构成，用二维组合的方式在画面中实行位置经营，直到满意为止。然后再施以笔墨、色彩或各种技法完成作品。这样的方法不是不可，只是这种方法只适合于大展作品创作，而不适合于信手拈来的中国画作品创作，完全失去了中国画笔墨心手共唱、偶必同运、自然有序的大道精神，更不用说创作中“放肆”了。这样的作品被画来画去，画到最后连作者本人也会失去兴趣，还谈什么“坐”“向”“势”“气”！没有任何耐人寻味之处，远离了传统中国画信、达、雅、真之境界，作品只见表象的

那些花花绿绿，而没有任何画外的大道哲理。故，我认为中国画作品创作位置之经营，在于从笔墨“坐”“向”“势”“气”的运行中玩索而有得。

浅谈苏轼“论画以形似，见与儿童邻”

宋人绘画是中国绘画史上的一个极致。画家追求“外师造化，中得心源”，对自然物象严谨求实而凝笃，穷尽妙理而求其精神，物我两忘而自由无羁，心驰物游而重修养，对物象刻画精工细致而巧妙。宁静肃穆，静心滤照，胸有成竹。笔墨高超，形神兼备，动人心魂，悦人耳目！苏轼乃宋代伟大的文学家、画家和书法家，中国文人画的领军人物，号东坡居士。“论画以形似，见与儿童邻”乃其《书鄢陵王主簿所画折枝二首（其一）》中之佳句，自古至今对中国绘画艺术创作、欣赏与批评有着深远的意义。

《书鄢陵王主簿所画折枝二首》

【其一】

论画以形似，见与儿童邻。
赋诗必此诗，定非知诗人。
诗画本一律，天工与清新。
边鸾雀写生，赵昌花传神。
何如此两幅，疏澹含精匀。
谁言一点红，解寄无边春。

【其二】

瘦竹如幽人，幽花如处女。
低昂枝上雀，摇荡花间雨。
双翎决将起，众叶纷自举。
可怜采花蜂，清蜜寄两股。
若人富天巧，春色入毫楮。
悬知君能诗，寄声求妙语。

东坡居士的第一首诗先从诗画创作谈起，大处着眼入笔，然后次第推进，结落于王主簿的折枝画上，以其阐明自己对诗、画独特之见解；次首以王主簿折枝画为依托，至篇末索隐其诗、画“妙语”。全诗构思精妙，道出了“形神兼备”“心画不二”之哲理，乃古今艺术品评之名篇，颇受后人关注。

东坡居士认为，无论是“诗”还是“画”，只有实用的“形似”是不够的，应“形神兼备”，方达其境。“论画以形似，见与儿童邻”，此语背后蕴含着诗人的美学思想，他认为品评画的好坏若只论“形似”，那是幼稚的见解，无非儿童见识罢了；同样，“赋诗必此诗，定非知诗人”，若诗人只能状物而不能言志抒情，也非真正诗人。可见，苏轼反对诗画作品只停留在“形似”上。当然，这里莫把他的“论画以形似，见与儿童邻”与“不求形似，但求神似”的观点等同起来，不要误解东坡居士不要“形似”，形似还是要的。只是他认为只有形似，不能成为好诗、好画！那个时代苏轼和欧阳修等都强调“神似”，而强调“神似”不等于不要“形似”，这是两码事。有道是“意足不求颜色似，

前身相马九方皋”。千里马，对真正的相马者来说，重要的不在于其皮毛的玄黄，而是神骏之气。皮毛玄黄无人不识，皆能辨之。然神骏之气却难以窥其，否则就无伯乐之说了。看画与相马一理也！“诗画本一律，天工与清新”，诗以律韵、音韵等言外其境；画以笔韵、墨韵、色韵、形韵等言外其境。苏轼《书晁补之所藏与可画竹三首》中云：“与可画竹时，见竹不见人。岂独不见人，嗒然遗其身。其身与竹化，无穷出清新。”懂了这些，必然新意无穷！“谁言一点红，解寄天边春”，适量地使用“一点红”没有什么，然经艺术加工的“一点红”就不同了，其可忘我的“遗其身”而“物化”其境。这“一点红”在心识所造下，“画外效应”便是那无穷的“万紫千红”。其境界无论是萧疏淡泊还是喧哗热闹，一切皆在不言的言外。生活中实用的“一点红”解决不了什么大问题，若将这实用的“一点红”进行艺术性修饰，那在这“一点红”以外寄托的将是无边的春色。有道是笔墨情趣一点点，何承思绪入万千？故，东坡居士以鄢陵王主簿的折枝花鸟言其境界：“低昂枝上雀，摇荡花间雨。双翎决将起，众叶纷自举。”雨后，花枝带雨。鸟儿在枝上摇荡，将起飞时被众多压弯的花枝举起来了，于是雨水纷落而下。如此生动之景象，若无“形神兼备”之能力是无法达到赏心悦目的。“赏心悦目”说的是既要赏心，亦要悦目。莫把“赏心悦目”分开讲：认为赏心者为之上，悦目者为之下。若此理解，便是大错特错了！不“悦目”言何“赏心”，不“赏心”云何“悦目”？此两者，互为体用，不落两边，没有次第。所谓的“神似”乃借物咏志之境，没有载体，“神”从何来？只有构思夸张，才能使作品比现实生活更高、更理想。作品是作者内心的表达，其内含哲理，外通大道；既要

求作者有精湛的造型技巧和高超的能力，又要有深厚的文化底蕴。若无此具备，莫谈好诗、好画。画已而意不止，笔已而势不穷。技巧的成熟与文化的渗入乃绘画审美之重要因素。诗、画看似门类不同，然纲索境界实属不二，皆需以“形神兼备”“心画不二”的艺术感染力为表现手法。在“主”与“客”体用关系的处理上，需圆融无碍，不分彼此。“主体”与“客体”彼此合而为一，方达其境界。苏轼的这首诗中虽然没有直接说明为什么论画不只能以“形似”，但他通过“边鸾雀写生，赵昌花传神。何如此两幅，疏澹含精匀”的诗句，已言外达意，表现出了“形神兼备”之境。

东坡居士使用了独特的比喻风格，可谓“博喻”丰富，不分界限，移觉沟通，通感无限。“瘦竹如幽人，幽花如处女”，将植物赋予了人的灵性与气质。南朝钟嵘《诗品》中云：“气之动物，物之感人，故摇荡性情，形诸舞咏……动天地，感鬼神，莫近于诗。”又曰：“故诗有三义焉：一曰兴，二曰比，三曰赋。文已尽而意有余，兴也；因物喻志，比也；直书其事，寓言写物，赋也。弘斯三义，酌而用之，干之以风力，润之以丹彩，使味之者无极，闻之者动心，是诗之至也。”由此可见，“诗画本一律”非简单的客观事物的模仿，而同时需要作品之外的艺术境界表达。

苏轼在评王维诗、画时曾云：“味摩诘之诗，诗中有画，观摩诘之画，画中有诗。”可见他在论画或论诗中都没有说不要“形似”或“不求形似”好，也没有批评“形似”有什么过错。他在《净因院画记》中云：“余尝论画，以为人禽宫室器用皆有常形。至于山石竹木，水波烟云，虽无常形，而有常理。常形之

失，人皆知之。常理之不当，虽晓画者有不知。故凡可以欺世而取名者，必托于无常形者也。虽然，常形之失，止于所失，而不能病其全，若常理之不当，则举废之矣。以其形之无常，是以其理不可不谨也。世之工人，或能曲尽其形，而至于其理，非高人逸才不能辨。”意思是：我品评论画，认为人、禽、宫殿、居室、器物、使用的东西，都有标准的形状。至于山川、岩石、竹子、流水、波浪、烟雾、云朵，虽然没有标准的形状，却有其理法。标准的形状有了差异，人们都知道。但如果理法有了差异，即便是明白画的人也有不知道的。所以，凡是可以欺世而取得名声的人，必定依托于没有标准形状的。即便造型不准确，也没有标准形状可依，无法找出其毛病；假如理法处理得不当，便可把坏的地方说成好的。因为没有正常的标准形状，所以其理法不可不严谨。世上的能工巧匠，或许能通过其形状的无穷变化而通达其理法，但凡不是出众有才的高人是弄不明白的。由此看见，苏轼以“常形”与“常理”示其“形神兼备”之重要性。“常形”是物象固有形状。如方形、圆形、三角形等皆有其标准的形状，人、禽、宫殿、居室、器物以及使用的东西等亦皆有其标准的固定“常形”；而山川、岩石、竹子、树木，流水、波浪、烟雾、云朵等没有标准固定的“常形”，故曰“无常形”。苏轼认为世上那些欺世盗名之徒，皆愿以“无常形”为借口来掩饰其作品的伪劣。岂不知“无常形”之物亦有“常理”的存在。苏轼认为画家应通过形状的无穷变化而通达其理法。

自古以来，国绘画理论的精髓在于“形似”与“神似”的完美结合。“形似”与“神似”的结合，对绘画创作实践有着重要

的指导意义。要使作品达到形神兼备、气韵生动的艺术境界，作者需做到随物赋形、性与画会，把主观情感与客观景物融为一体。因此，单一的“论画以形似”是初级审美标准，是市井凡俗的审美层次，而苏轼提倡的是士人超凡脱俗的“形神兼备”“心画不二”，并以此为艺术最高境界。

课徒警策

1 天天阅读，知识才不会贫乏。

2 博览群书，广撷众长。

3 觉性之禅修，乃未来生存之必需。

4 大师是在知识的海洋中孕育产生出来的。

5 彼之识是砖，此之智是玉。

6 探微博大，方可一展胸怀。

7 千篇一律是好看，万里挑一为极品。

8 是谁拨动了宇宙的弦？是意识吗？

9 树随风，人随己，大道无此彼。

10 拥有之多者，必计较之小也。

11 学习和继承传统不是一味的模仿，而是用传统的思想建立自己的思想。

12 钻石是碳在高温高压下的结晶，作品是作者在知识空间探微博大的结晶。

13 天赋是点，勤奋是线，作品是面。

14 清淡有挚友，聋聩无诽谤，弱态化强侮，忍让定四方。

15 对境有心之谓烦恼，对境无心之谓菩提。

16 意乐何惧心苦，气宏乃需言慎。

17 人品高者，有求而后无求。

18 涵容圆融乃世间第一法。

19 仁者有为，智者无为而无不为。

20 不断否定自己的人，才是真正的圣人。

21 置身自然，启开妙悟，心能转境，即生妙品。

22 鹦语岂能成章，摹彼焉能成家。

23 智生法，识生论；智生妙品，识生成品。依智不依识方成大家！

24 繁笔如棘下手易，精笔探微塑形难。

25 识他法，不依他法而法，不依无法而法，法无定法，如是是法。

26 风格不是创造出来的，是你骨子里特有的并经过千锤百炼形成的。

27 为传统而传统是重复，让传统更接近现代是继承。

28 笔中遁吾意，品里鉴余心。

29 学府问奇字，书橱授天书。

30 月读一遍涉百家，朝诵百篇破万卷。

31 人生在世，不能明白中年轻，只能明白中变老。

32 对不懂艺术的人来说，艺术无非是一种自恋的心态或虚伪的点缀。

33 金钱不浪漫，也不多情，但是没有金钱也不行。

34 要成功，就要看你人脉的黏合度。

35 世界需要爱。爱，不是男女爱情的专利。

36 天才者的成功，需要身边有一帮大匠的帮助。

37 胸怀和才华装饰了男人。

38 艺术作品是靠灵感推动梦想而产生的。

39 不要做人中第一，因为在这个世界上没有什么人是无敌的。

40 人生有爬不完的高山，最后选择站在什么样的山顶，要看自己的理想与境界。

41 中国画创作，笔墨就是画家的工作室。

42 艺术带来的快乐，在于艺术创作本身，什么都想要是不可能得到快乐的。

43 感情的事，说得太清楚了就不浪漫了。

44 灵感和梦想，是艺术作品最好的装饰。

45 明白了历史周期律，也就知道了应该怎样追求自己的未来。

46 一个总往后看的人，是无法前进的。

47 不论年龄多大，都不要丢掉自己的童心。我们来到这个世界上，就是为了创造奇迹。

48 一个真正有本事的人，不在于得意之时多得意，而在于失落之时多坚韧！

49 人类对历史的解读与评价，是由结果来决定的。

50 一个不会改变自己的人，是不会成功的。

51 画笔是心境的延伸。

52 至俗于生活，至雅于艺术。

53 无论什么创作，想法很重要。

54 无论学习什么，非解一时之急难，而求永远之通达。

55 会利用时间的人，才是一个福慧双修的人。

56 能驾驭自己感情的男人，才是真正的男人。

57 为生活而画画，劳累；为画画而生活，闲静。

58 夫画者，信、达、雅也！

59 人生在世应以秋霜律已，春气待人。即使偶有雷霆，亦应善行于人，无损于世。

60 有的东西即便能够到，也不要动手。

61 成大事者，会画饼，会分利，有智谋。

62 个性就是命运，胸怀就是未来。

63 中国画之精神：在于坚守、奉献、创造。

64 公心与彼，私益与己；私心与彼，公害与己。

65 “一”是道体（虚无）；“二”是道德（清静）；“三”是道用（柔弱）。三者运动不息。

66 今日看来平常事，后来思忆成故事。

67 人是过客，画是主人。是人在化画？还是画在化人？

68 道，这本无字天书，又有几人翻得开、看得懂呢？

69 女人若花，开亦无声，落亦无声；男人若叶，生亦因枝，落亦因枝。

70 宁听智慧者的责备，不听愚昧者的赞美。

71 会画画的人，总有短处被别人说；不会画画的人，总有资格说别人。

72 人生在世，不可空手立于天地之间。

73 只有天生的天赋，没有天生的名人。

74 名人是比别人多了一分辛苦的智慧人。

75 艺无止境，其岸荡然；至境梦画，岸本旷希。

76 舞台永远留给敢于表现的人，机遇亦如此。

77 学习的真谛不是为了加法，而是减法；提升不是为了得到，而是放下。

78 欲遇其对，则改己错。

79 今之不劲，昔之不奋；今之不奋，来之不劲。

80 人生在世，以心导耳目者，成功也；以耳目导心者，失败也。

81 真男人，既要风情万种，也要金刚正义；既要稚气童貌，也要俨然庄容。

82 生活中很多“样子”是会骗人的，有时候眼见不一定为实。

83 艺术家永远不朽的创作灵感，在于永远保持一颗好奇心。

84 不尊重文化，是最大的浪费。

85 天下大部分父母的未来，都活在孩子的未来里。

86 读千帖而后能书法，赏千画而后能丹青。

87 音乐要有画面感，画面要有音乐感。

88 对任何事情的超越，都需要用时间去积蓄力量。

89 好消息和大家分享，快乐会层层加码；坏消息和大家分担，悲伤也会层层加码。

90 有时候我们用聪明去安慰别人，却以愚蠢折磨着自己。

91 在自私中仍能秉持公正者，仁义也。

92 不要怕生活中遇到困难，有时候困难是化了妆的祝福。

93 你心里容下多少人，就有多少人心里容下你。

94 不断地重复，就是不断地完善，有时候重复是力量的呈现。

95 慈者不争，智者不辩；净者不闻，闲者不看；知足者放下，放下者解脱。

96 艺术需要行、住、坐、卧，随时随地诗情画意！

97 有的人在一起时间再长也觉得陌生，有的人却一见如故。

98 成功，不在于你的能力有多高，而在于你能借力发挥多少。

99 找到适合你自己的着力点，去撬动你人生的大世界。

100 真正有本事的人，激动时如孩子一般天真，沉静时如圣人一般庄重。

101 “紧张”是“表现”的欲望。

102 字当画画，画当字写。

103 把别人看成菩萨，自己还是凡人吗？

104 一个无私密于你的人，一定是你的知己。

105 画若修辞，在于“刚柔以立本，变通以趋时”之结合。

106 一幅高度单纯的作品，是至简极致的，多一笔都油，少一笔亦不够。

107 霸气凌云，柔情似水，大开大合，乃画家之情怀也。

108 知护己而后能克敌。

109 人有多大自卑，就有多大自信。

110 不求花前月下，只需静岸临水。

111 艺术之风格，在于保持自我心性而坚持展示真正的自己。

112 以春风待人，以夏荷清心，以秋霜律己，以冬雪相如。

113 画画不简单，尽量简单画。

114 其实画画并不难，难的是你能否每天拥抱丹青而不辜负岁月。

115 一个真正的艺术家，热爱艺术要像热爱自己一样全力以赴。

116 师父的责任，是让徒弟实现梦想。

117 水流长江归大海，技击入文附清雅。

118 画道还元元即道。

119 出入以度，在什么位置说什么样的话。

120 通大道者，言简意赅。

121 能简单，就不简单。

122 守得住寂寞，云何繁华。

123 有优势的人，主动。

124 主客、动静，乃奇门遁甲之纲纪，入门领悟即达上乘。

125 人生要有适合自己、属于自己的格言，不可借用他人的。

126 笔转禅心，画墨为参。

127 高贵在于低调。

128 参禅，就是随时保持觉照。

129 中国画者：技巧是基础，文化是灵魂。

130 艺海无涯，道岸无边。

131 中国画家在继承和发扬传统时，应不守绳墨而通变化，好更改旧。

132 作品，是激情的表现。

133 中国画创作，没有传统笔墨的基础传承，就不要谈什么创新和发展！

134 人生有无数的选择，往往最适合走的路只有一条，内心向前就好。

135 不问答案，期待永远是美好的。

136 能保持站在道德的至高点上，心里永远是清闲的。

137 品味，不是财富的奢侈。

138 生活中女人首要的是安全感，其次才是物质上的奢侈享乐。

139 与其抱怨命运的不公平，不如把命运攥在自己手里。

140 只靠别人是长不大的，更多的是要靠自己。

141 不能彼此坦白的交往，是没有好结果的。

142 老师在教学生的同时，学生也在用自己的方式影响着老师。

143 “卦”是空间与时间上的大动态，“爻”是方位顺序与时间上的小动态。

144 当我们老了，有没有故事说我们？

145 人生在世，不可空手立于天地之间。

146 真正的大师是由多种文化滋养而成的。

147 人都希望自己有能力，却不努力只知嫉妒有能力的人。

148 以善胜人的是伪善，以善养人的才是恒常不变的真善。

149 相互言是，方可同升。

150 语言，叙事；音乐，抒情。

151 帮助别人独立，是对别人最大的帮助。

152 人之价值，在于自身之独立。

153 情，是欲望的寄托。

154 师徒之间近于情分，疏于恩德。

155 谦让则仁义，忍耐则体统，不与人争乃大德。

156 千年的黄土易百主，情意才是金不换。

157 人生在世，不奢死不了，无德才是行尸走肉。

158 境界，是一种无法用语言表达而悦人耳目、动人心魄的最高精神享受！

159 精明者，无爱；聪明者，小爱；智慧者，大爱。

160 当一个人为了你，愿意与你不喜欢的所有人为敌时，说明这个人爱上你了！

161 《卖油翁》中云：“无他，但手熟尔。”此乃熟能生巧，画技如此尔。

162 禅画本若无字书，本来无画亦无禅。

163 人生在世，悦己者容易，知己者难。

164 心怀大江河，何慕浅洼鱼。

165 花艳味浓别高逸，沐浴淡雅识清香。

166 人生之成，在于安、徐、静。

167 大道，无穷无尽，冲合旷然，无公无私，柔和圆融，厚德万物，能量无穷。

168 真情有泪倾知己，假意无言酬俗人。

169 先学处世，再学艺术。无胸怀者，可以选择卖瓜子！

170 善待别人就是善待自己，心里有你的人才是真的挂念你。

171 平常好心，平常好日。

172 洒彼清香，自沾两三。

173 自修自救，修彼救人。

174 无私不居功，无怨不忘恩。

175 什么样的心，什么样的人；什么样的识，什么样的运。

176 心宽得众，路宽得行。

177 为人先而为事后者，小人也。

178 悟道之画品者，其画外之言可抵数万字之用。

179 我不记得读过多少书，只知道每天都坚持阅读。

180 往往嘴上说与你最亲近的人，其实心离你很远。交人莫看外表，行动说明一切！

181 儒、释、道之终极是：无我、无为，无公、无私之和谐。

182 不至通识，科学不通。

183 下通世事，上知天命。

184 大公无私，不做党同伐异之人。

185 人生最快乐的事情就是帮着别人走向幸福。

186 有的人虽老，但心是年轻的。

187 爱，是真情，而不是勾兑出来的感情。

188 大成者，起立于微末之修行。

189 有理才有力，有力才讲理。

190 大美之高境界者：能于平常中而见奇险新色也。

191 一杯青茶，千年典籍，好一番自在闲雅。

192 知己：得意之分享，困惑之倾诉，尽在其一人。

193 欲成大事，先谋其势。

194 通有无，交相利。

195 做事，不疑中找疑，能成事；交人，疑中找不疑，能成友。

196 一个不会改变自己的人，是不会成功的。

197 烦恼，是对欲望寄托的执着。

198 中国画创作之最高境界：心手共唱，自然有度，起止无痕，圆融和谐。

199 方法的制定，不是为了遵守，而是为了打破。

200 流行作品，尚未脱俗，何谈超凡，无非镂骨铭心云云而已！

201 自然无界，却道自然界；恒常有道，不见恒常道。

202 撒下甘珠酿美酒，承运紫气和东风。

203 大展创作纲要：先把理念摆出来，然后再用技法说话。

204 人只要能清除心理障碍，其潜能是无限的。

205 中国画用线的质量：强对弱，飘对稳，沉对浮，畅对郁。

206 用色之法：冷暖谐调，推移自然。

207 笔墨有真情，作品见妙悟。

208 中国画：创新是灵魂，执着是阶梯！

209 传统绘画是审美，当代艺术是观念。

210 中国画笔墨需要空、润、灵、活。

211 把画画复杂很简单，把画画简单很复杂。

212 禅海漫游，艺海留香。

213 心画画心，心画不二；画心心画，画心是一。

214 一个能做大事的人，学会的不是报复，而是饶恕。

215 历史永远在考据中，无论怎样论辩，都莫衷一是，莫若以明。

216 天籁之音是没有主观思想，随性而发的声音。

217 人的命运由自信心决定。

218 人生往往就输在一点自认为小事的“无所为”上。

219 等闲外韵，韵即诗画。

220 意识就是生命，没有永生，是虚幻的。

221 眼见为虚，耳听不实，意识会篡改和加工感观所传递的信息。

222 等闲怪：疏多帮，亲多嫉！

223 一切成功在于自信，而非口头的“想想”！

224 有些喜欢，始终难以放下！

225 博爱他人，幸福自己。

226 等闲非画，画非等闲。

227 玄者，空能也。

228 人生在世，冷了别人亦冷了自己。互惠共赢，方得天下！

229 历经痛苦，方悟真境！

230 诗情深深，心无邪念。

231 若好德如好色，定非世间等闲人。

232 只若初见，高秋执常。

233 只有长生不老的心，没有长生不老的药。

234 欲化其画，必重主客；欲式其势，必知虚实。

235 有技无道技不生，有道无技道不见。道法自然，心画不二。

236 美好的情感，可以永恒于时间的长河。

237 老人之言语，乃阅历之智慧。

238 谤随名高，若能柔坚平衡以对，何惧虎豹豺狼！

239 艺术之路上，为师者应为弟子燃艺道之心灯，飨艺德之梯航，以资艺海不迷之助缘。

240 远方未知，引人入胜。

241 心净能担风和雨，来去有无不色声。

242 灵感：源于思念，源于伤感，源于看不见、摸不着、说不清的心间！

243 莫问动机，慈悲真心。

244 艺术之特性：不谙“共性”，莫谈“个性”。

245 书法乃心法，不要执着于执笔姿势。

246 世间之法度，人为圭臬。

247 《周易》的本质：永远不变的就是变，变是永恒不变的规律。

248 艺术乃技巧载激情，技巧的高低在于手艺与工具的心手共唱。

249 当笔墨被驯化、驾驭以后，其任何载体之上的运动形式，皆可心手共唱、复式组合，轻松跃然而成神逸画品。

250 读十本书比读一本书让自己觉得知识少，读一百本书比读十本书让自己觉得知识更少，书读得越多才知道自己懂得太少了。

251 如果一个人处处能用一颗恕罪的心去对待一切世间事物，那他的未来一定是光明和美好的。

252 人世间，那些失败的人不是败在了智谋与手段，而是败在狭隘、偏执、仇恨、野心、贪婪和怯懦。

253 艺术创作技法的复杂性，反衬了人类情感的丰富。一件脱离人类情感的艺术作品，是一种艺术犯罪。

254 国学是让中国人能够成为中国人的学问，是具有独特的思想意识、价值取向、伦理道德、审美观念、风俗习惯、生活及行为方式等的中华文化。

255 清闲，亦是一种绚丽，无人能懂之懂，才是大懂。自在清净，何求不浊，生活本来就是在道中修行。舍弃妄我，方可复归纯朴的真我。

256 画“形式”之优劣，在于画外指向大道之“形势”，一笔一墨与观者对话于不言中。穿越时空，拉长岁月，见画如面者，优也。

257 人在一切繁杂的拥挤中很难找到机会，绘画亦如是。能忙别人之所闲，闲别人之所忙的人，才是真正的智者。机会总是留给那些探赜索隐者！

258 人生之灿烂，在于给别人留下了多少大道哲理；艺术品之灿烂，在于给观者留下了多少新鲜的思索。

259 俗话说“书一天不读就俗”。《苏轼文集》记黄鲁直语云：“士大夫三日不读书，则义理不交于胸中，对镜觉面目可憎，向人亦语言无味。”说得是！其实人生一世，只有文化可以让人青春永驻。人都会老，外表的老不可怕，可怕的是心灵的老。“染发剂”可以让你的华发变乌黑；“玻尿酸”可以让你的皮肤变嫩滑，可是它们却无法让你的心灵变年轻。只有“文化”是心灵永葆青春的活水源泉，所以要坚持阅读。

260 当“大爱”被错误地理解为“爱情”的时候，大爱浅薄了；当“真情”被错误地理解为“所图”的时候，真情远离了。我想那句“君子之交淡如水”，应该是因此而生的吧！其实“爱”是一种执着而忘我的“守护”；“喜欢”只是为了得到。信守承诺，是君子之道。当“言语”和“表情”都缄默的时候，只有“行动”在说话。珍惜缘分，共图未来。

261 男人，当你青春不再时靠的是智慧；女人，当你青春不再时靠的是高贵。男人之智慧，在于积健为雄；女人之高贵，在于娴雅端庄。

262 北宋大文学家苏轼在谈到他的散文写作时云："吾文如万斛泉涌，不择地而出。在平地滔滔汩汩，虽一日千里无难。及其与山石曲折，随地赋形而不可知也。所可知者，常行于所当行，常止于不可不止，如是而已矣！"说得非常好！画者若此，行动在应当行动的时候，停止在应该停止的时候；亦即该做时就做，该停时要停。

263 有道是"沟通不到位，努力全白费"。《庄子》云："井蛙不可以语于海者……夏虫不可以语于冰者……曲士不可以语于道者……"虽然若此，在授徒上，余亦只能"频呼小玉原无事，只要檀郎认得声"。

264 生活中有些事情，坚持未必是胜利，放弃未必是认输，与其华丽地撞墙，不如优雅地转身。给自己一个迂回的空间，学会思索，学会等待，学会调整，学会放弃。人生有时候需要的不是执着，而是回眸一笑的洒脱。

265 山水画之笔墨：草、树宜浓不宜淡，土、石宜淡不宜浓；草、树宜实不宜虚，土、石宜虚不宜实；草、树宜湿不宜枯，土、石宜枯不宜湿。体悟了这一点，可解决笔墨之基本。

266 人生在世，人人都有自己的主意，不过有主意没有什么，只是不能执着于自己的主意，要学会改变自己。一个不懂得改变自己主意的人，什么也改变不了。

267 有人问余：何为名人？余答：勤奋的智慧人；又问：何为智慧人？余答：比笨人勤奋的人；再问：何为笨人？余答：坐等其成的人！

268 初见，是缘分的种子；常处，是情感的积淀；远离，是最好的放下。孰能做到，心若止水？真正的放下，不是藕断丝不连，而是心勿挂碍而任其飞远。

269 人生在世，遇上一个爱你的人很容易，但遇上一个懂你的人就难了；遇上一个爱你又懂你的人，这种机会更少。

270 以前的念头不再生了就是心，今后的念头不要灭了就是佛，不生不灭乃即心即佛。成就一切的相就是心，离开一切的心就是佛。

271 终生画画画不成，一朝化画画顿生，心生画来画生心，心画不二如来身。画画匠也，化画大师也。

272 孔子云："朝闻道，夕死可矣。"为道无我、无为。故，老子云"为学日益，为道日损"。为学天天增长知识，而为道不然，为道越明白越无欲、无我，但不是消极的处世态度，而是无为而无不为！

273 余偶遇昔之同窗，其见余之鬓发华白，曰：不见数年，汝之鬓发亦华白矣，何须如此辛劳乎？余答：人不能空手立于天地之间兮！渠闻余答，无言以应，附笑而去。余思惑而明，众弟子既择从艺之路，随余研文究艺，且有女儿之身陈之，余当重之。夫众弟子亦不可空手立于天地之间兮！故，高呼：众齐奋创作品兮！

274 一个好男人，外表再刚强勇猛，内心也应柔弱善良。若能有如此过人修身境界，可算人中豪杰之士也。苏轼在《留侯论》中云：“古之所谓豪杰之士者，必有过人之节。人情有所不能忍者，匹夫见辱，拔剑而起，挺身而斗，此不足为勇也。天下有大勇者，卒然临之而不惊，无故加之而不怒。此其所挟持者甚大，而其志甚远也。”可见，生活中若遇人情不顺心之事，乃时常于剑拔弩张，实属匹夫之勇，不可为大将之风。故，老子曰：“坚强者死之徒，柔弱者生之徒。”

275 余非常感谢生活中的逆行菩萨，因为余发现生活中那些让你不舒服的并不是什么坏事情，烦恼即菩提！只要你有一颗抛弃世俗功利的清净心，烦恼不但不会伤害你，而且会给你提供丰富的营养和调心的道具，时时激励和考验着你，不断地调节着你的心性。你要将其当成觉醒的助缘和智慧的观照，你的信念就会更加稳固。

276 余常说性格决定命运。人生在世应善下之，不应争强抱怨，若能善待一切，必生吉祥曼福，人心所向，众望所归也。《道德经》中云：“江海所以能为百谷王者，以其善下之，故能为百谷王。”

277 余虽脾气不好，却也算望之俨然，即之也非乱发脾气之人。多年修炼至今仍偶有所发，却并不随意而经常。昔日弟子问余：师父整天研究佛、道，还见脾气，不知缘何？余答：师父毕竟不是圣人，只能算是事来则应，过后不留罢了，还望鉴谅！《通玄真经》第十卷中云：“是以圣人之道，宽而栗，严而温，柔而直，猛而仁。夫太刚则折，太柔则卷，道正在于刚柔之间。夫绳之为度也，可卷而怀也，引而申之，可直而布也，长而不横，短而不穷，直而不刚，故圣人体之。”余为此而找到了一点理由，故有些恕已！

278 中国画作品创作，既不能理性大于感性，也不能感性大于理性，需要理性与感性共唱同运。没有感性的理性不理性，没有理性的感性不感人！理性是静态思维的辩证，是作品的表象品质；感性是动态思维的辩证，是作品的灵魂！

279 当今艺术品市场已经失去昔日的殿堂光芒，回归于理性。从事绘画艺术的人细分为艺术家、画家、手工艺者，已成定局。艺术品独创的思想成果及文化价值，并不是每个人皆可企及的，处在任何层次之人都需深思未来，以思想之因来结行动之果。

280 最好的圆谎就是不讲话！当你用谎言圆谎言时，其实谎言已证实了谎言。因为，比你智慧的人太多了，言外可窥其言内。

281 放下身价是你走向成功的开始。因为，这个世界上多一个你或少一个你都不会影响别人的生活。

282 电脑系统紊乱死机了，可以一键重启而实现自动修复；人身体因系统紊乱而有了疾病，要静心入定来重启身体而实现系统的自我修复。

283 只有静心入定方可让紊乱的身体系统恢复正常，只有身体系统恢复了正常才能发挥身体的自我修复能力，由此可见养生最重在养心！

284 不要自以为是，你看到的往往是虚假刻意的表面现象，过早地下结论，会让你失去在别人心中的美好印象。

285 当别人有意展示另一面给你的时候，你要注意了！因为，你一不小心就会把自己真实的另一面展示给别人。此时，别人也许十分了解了你，而你却不了解别人。

286 中国画创作无异于文学创作，亦应“谢朝华于已披，启夕秀于未振”。画画之事，看似简单亦非简单，需要用心。学画若学开车，人人都可以考取驾照，然能成赛车手的却寥寥无几。

287 一个不懂诗情“花”意的人，还是选择种田的工作好；一个只懂实用性修辞而不懂艺术性修辞的人，还是选择写发言稿为好！

288 画，是家园；诗，是远方；曲，是远方的远方；梦，是远方的远方的远方，愿梦想成真！

289 素描及所有绘画要达到超写实，其实不是一味求实的，而是求实找虚，实处见虚方为真实。想想看物相中哪一条边缘线像刀切的一样？光下的所有转折线都是模糊的，亮部很好解决，暗部难处理一些。要想画好就必须放弃画面中的执着和刻意，虚中求实，才是超写实的开始。

290 “一”是道体；“二”是道德；“三”是道用。“用”是“开、阖、枢”，是三三不断的运动动态而非静态。《黄帝内经》中云：“其生五，其气三。三而成天，三而成地，三而成人。”由此可见，“三”非一般天、地、人之静态概念，而是“开、阖、枢”之运动动态。

291 命门，非具体之门，乃精气之聚也。《道德经》中云：“谷神不死，是谓玄牝。玄牝之门，是谓天地根。”“玄之又玄，众妙之门。”

292 当你帮别人解决问题的时候，问题的残渣也会留在你的心里。要学会释放、释放，再释放，以至无可释放。

293 什么样的人画什么样的画。一个时刻保持冷静、激情、谦虚、谨慎，时刻想超越自己、超越对手，时刻以诗人情怀、工匠精神苛刻自己的人，还有什么创作不出来的作品呢！

294 艺术创作，不必关注任何人，只需要关注造化、古人、自我即可。做人虽不可“自我”，然“艺术”必须自我！

295 余自幼酷爱艺术，痴于书画，尚武；长而喜研国学，重佛、道、儒，格律诗等。拜上师两位：造化、古人是也！余作画勤于创作中研究，精于研究中创作。其独特之艺术语言为不固定语言，永远不变之艺术风格是不断地变！

296 近日常顺手拈来一些现在或过去写的随笔发于社交群中，别无他意，只为言外启迪。丝纶千尺，不垂无鱼之水，然江海之大，何处以钓？也只愿“频呼小玉原无事，只要檀郎认得声”。听者无意，懂者有心罢了！无奈“夜深水寒鱼不食，满船空载月明归”。昨日与弟子小酌，见其始于文笔，余甚喜！弟子曰：“测同门见师之随笔，必有提笔之人，余恭候矣！”余常思，昔日在未曾有智能手机之时，余之笔记本常不离身，到处可见，一切均为记之方便，而今智能手机在手，无所不能，缘何不写？余曾预言：今后中国将迎来文化大时代，让我们拭目以待吧！

297 作曲家之造化是把七个音符律动起来；岁月之造化是起落地推动每个人的一生；画家之造化是把点、线、面，黑、白、灰，红、黄、蓝等复式组合起来。作曲家，把感悟的冲动谱成了曲子；岁月，把不测的风云写成了历史；画家，把对造化之妙悟描绘成了美丽画面。

298 从历史来看世事，自古以来一切“失败”皆因喜欢“掌声”而起；一切“成功”皆因接受“警策之言”而成。

299 余学画至今，虽求博览群书、纵横经论、杂取众长，然就中国画而言，亦只能算是门里门外之人，尚未得正宗。余追求：上师古人及造化，下师自己；自出机杼，信手拈来；胸罗星宿，变化无穷；墨沈淋漓，笔花缭绕；心生万象，识变千画。故余只能不懈努力，以求诞登道岸。

300 佛有本性，人有大梦；佛是觉悟的人，人是未觉悟的佛。成佛在于见性，直指人心，见性成佛。本性如清净大海，心识如万千波浪。本性不生不灭，如如不动；心识群魔乱舞，自作多情。心造识变，梦境虚幻。六趣横生，执假为真。自导自演，执妄为实。无明颠倒，波浪复造。妄问波浪，如何生起？

301 选择艺术之路的人，当为生活而迷茫之时，或许会想自己是否选错了行业。其实不然，人生无论选择哪个行业都是一场赌博，不到最后，谁也不知道会怎样，唯有顺其自然而不懈进取才会令自己富足。

302 中国画笔墨构成之法：强对弱，沉对浮，稳对飘，畅对郁；浓、淡、干、枯、湿，勾、皴、擦、点、染、积；点、线、面；黑、白、灰；三七开；一、二、三、四、五、六、七、八、九次第韵。

303 “佛说一切法，为度一切心。若无一切心，何用一切法。”法本无法，心亦无心，心法两空，是真实相。

304 同类色：色相相同，冷暖、明度、纯度不同的搭配；互补色：色相不相同，冷暖、明度、纯度不同的搭配。

305 客观认识下的“物质”是不依赖于人的意识并为人的意识所反应的客观实体；主观认识下的“物质”是意识的呈现，是依赖于人的意识并为人的意识所反应的虚幻实体。没有人的意识反应，实体不存在，缘起性空。

306 何为“五蕴皆空”？鸠摩罗什《指月录》中云：“众微聚曰色，众微无自性曰空。”意思是众多微尘聚合起来组成了物质世界之万有，而众微尘却无自性，一无所有。故《心经》中云：“色不异空，空不异色。”

307 把别人看成菩萨，你还是凡人吗？当你气急败坏时，气坏你的人是谁呢？不是别人，而是你自己。世间本无事，庸人自扰之。故，以博爱的胸怀对待众生，你一定是平安吉祥，美满幸福的！

308 宇宙演化之挂图，远比人类思想意识手绘之画图更加丰富多彩而迷人；造化更出奇制胜人类之想象力。故，中国画应以自然为本道，追求天人合一。

309 初学画者，基本皆在“花花”之境，处“画画”之境者寥寥，近“化画”之境者更是寥寥。不要我慢，更不要增上慢。骄傲自满，使人落后！努力学习，再努力、再学习……艺术海无涯！

310 画至妙处需人懂！画之一道，以求天地浩然之气，师造化而发乎于心，行乎于笔，得意忘画，心手共唱。何人可同运？何人可共赏？所感所悟唯有自知。

311 唐代画家张璪云：“外师造化，中得心源。”写生，非照搬自然，乃碰撞心灵之开妙悟，知离断舍，方能涤胸荡怀。若山中抚琴，由有琴而入无琴。其中一草一木，一花一水，一云一风，皆琴弦也。写生，亦复如是。

312 真爱之心无邪念，爱而不舍，思无邪。思无邪者，无欲无求，至情至性，纯真之心也。若求彼心同此心，非贪念，真爱也。不惧痛苦而厮守彼者，亦是真爱也。

313 余不愿收徒弟，唯恐徒弟打了师父的脸；余不能不收徒弟，因为世人需要指月之指。博爱众生，和谐共勉。

314 无论有多少制作方法，最终中国画之神秘要靠笔墨来完成，并且不在笔尖，而是笔的另一端，心手共唱！

315 优秀的人才，心里面往往住着一个小孩，永远都长不大。他们对这个世界充满了幻想和不满，而他们却是改变世界的人。

316 画家画画先靠天赋后靠修养，因为铁再怎么熔炼也不会成为金子。画家不但要有高深的文化修养，同时要靠天赋的本原和素质。有了扎实的功底和高深的妙悟，方可步步靠近艺术殿堂。画家要靠意识妙造之法挑战现代科技和文明，只有非凡的艺术技巧才能在当今中国画坛独树一帜。人类只有意识可以瞬间穿越时空，可以引导、创造和完成理想；而高科技在浩瀚的宇宙面前却显得那么渺小。

317 余亦想学古时之文人，和顺积于中，英华发于外。然才疏学浅，难达其境。曾有人评余：“声高语快，言旷语爽。”余以故人之言答曰：“其人贤者，其言雅；其人哲者，其言快；其人高者，其言爽；其人达者，其言旷；其人奇者，其言创；其人韵者，其言多情思。”亦算是给自己找了个说由。

318 一幅能入选国展的作品与创作时间长短是没有多大关系的，重要的在于：当造型、构图、技法、色彩等都差不多的时候，只能靠形势来说话。“形势”源于思想意识，是画家的一种精神状态。法国著名文艺理论家丹纳曾在《艺术哲学》中说过：“每个形势产生一种精神状态，接着产生一批与精神状态相适应的艺术品。因为这个缘故，每个新形势都要产生一种新的精神状态，一批新的作品。”可见，若能如此顿悟，便可提笔即来。

319 老子云："生而不有，为而不恃，长而不宰，是谓玄德。"什么是佛？什么是道？用一句最简单的话说就是：无我而大公无私的和谐。若能做到这一点，还要那么多的形势做什么？大道自然。

320 老子云："上德不德，是以有德；下德不失德，是以无德。"一个真正有道德的人，是不会向众人表白自己是有道德的！

321 读经最怕的是拘泥于文字，如果能将有字书读到无字处，那对古人的经典理解起来就容易多了。

322 余对收徒一事略有小参！余收弟子，其艺术终极之传播不是技法，而是一种思想态度，一种质朴的艺术思想态度。余希望每一位弟子都像一颗种子，能够将这种思想态度及生活智慧广为传播，弃掉华丽之辞藻，回归淳朴之大道。故余认为所传之艺术真理应是朴素的，不是什么至高无上而不可企及的东西，需要的无非是一种秩序与信念，一种质朴而坚定的秩序与信念！

323 余在研究了敦煌壁画、永乐宫壁画、宋人小品及中国历代名画以后，才发现为什么"工笔画"永远是中国美术大展主流的根本所在，因为它是中国画传统的纲纪。没有如此匠心，还谈什么中国画写意精神！

324 一日与友闲聊，友问余："先生，何为'道隐无名'？"余欲答不及口，随余研学佛道不足数月的小弟子，疾抢答曰："古人云'物以之成，而不见其成形，故隐而无名也'。"余甚喜，如此不思之答，乃小徒前世之根器也！

325 一般人读完《金刚经》认为其是谈"空"的，这是错误的理解，是著了空相，其实《金刚经》的重点是"善护念"。怎样善护念呢？就是"应无所住"。怎样应无所住呢？就是"不生法相"。

326 有人这样解释"文化"二字："文化是根植于内心的修养，无须提醒的自觉，以约束为前提的自由，为别人着想的善良。"这种说法指的应该是"修养"。其实"文化"二字解释起来也很简单，余认为：是对过去知识的化生，是流动的，是永远不会停止的。过去的文化是今天的知识，今天的文化是明天的知识。

327 大禹曰："生者寄也，死者归也。""记忆"是什么？记忆就是"记忆"，而"遗忘"却像"酸"一样不断地消融着"记忆"。一个又一个的朝代过去了，而时空给我们留下的却是"……"！

328 中国画创作：纸不同，墨不同，笔不同，画出来的效果就不同。因此，动笔前一定要了解纸性、墨性、笔性。

329 道无处不在，我们吃的苹果多么平凡，年年熟了之后自然落地，而它的落地却让牛顿发现了万有引力，牛顿在平凡中找到了一个不平常。真乃触目菩提，随缘任运，日用是道。

330 名利，是成事的工具，但不要被名利所困。

331 有些现代诗受舶来词影响，舍掉了本土传统修辞的高雅韵味。更有甚者，为了故弄玄虚，故意强化页面句子形式，使书写过程复杂化，造成诗句没有上口的语气语调，缺乏简单丰富的智慧内涵，表达意义不完整，混乱的通感闭塞了阅读的想象空间，让读者无法亲临其境！既没有普众的大美，也没有偏激和灵活的独立性。

332 世间所有卦，皆由八经卦演变而来，这个可以到《逸周书》里面找到答案。除了《连山》《归藏》，其他所有卦凡是提到“文王”二字的，皆由《周易》六十四卦演变而来，只是换汤不换药而已。

333 欣赏当下中国画作品，可以看出画家在这红尘大潮中急功近利、浮躁多弊，有的作品看似见我、见性，但不见品，自由而不精致；有的作品不见我、见性而见品，精致而不自由。

334 欲望、情绪、习性，是一不是二。不需儒、释、道三家分别解决，一修至位即成，三家终极目标一致。

335 “人到无求品自高。”可是一个人他什么都没有，何谈无求呢？所以说“非大有不可以大无”。

336 中国画作品的创作，是采集空间及思维时间的动态之象，以其静态辩证的思维方式进行复式组合的一种创作形式。

337 人人都会读书，但不一定人人都会理解，认真地读一本书要比走马观花地读一百本书收益大。

338 收藏三步曲：先喜花（甜俗），再爱草（闲静、清雅），玩玩石头境界到（智慧、高古）。

339 创作需要从量变到质变，但是一定要把握好度，不可因量毁质！

340 生活也是艺术，需要大开大合，刻意地做作是“乡愿式”的虚假，让人非常反感！

341 有些伤痛，没必要在乎，时间会让其痊愈；有些美好，必须在乎，不然时间会让其悲伤。

342 金无足赤，人无完人。不要自以为是，彼此相互接受对方的缺点，才能走向远方。

343 并不是你胆大，只是你比别人多了一分大爱的担当；并不是你心细，只是你比别人多了一分有爱的心肠。

344 不以余改汝，而以汝改余。承让乃成功之法宝。所以者何？惠能云：“让则尊卑和睦。”

345 人可以实惠，但不可以实惠于无礼，无礼之实惠，是没有未来可言的！故，古人云：“礼行天下。”

346 凡事就占卜，虽有小求小胜之喜，却很容易造成“买椟还珠”之殆，所以凡事还是随缘为上。

347 欲把大道说似谁，愚者不知。

348 当私心碰到博爱，私心理所当然；当私心碰到私心，私心更加自私。私心人人有，莫把私心当私有，把私心奉献给别人一点，这点“私心”就变成了博爱！

349 写生，不是让你去照抄自然画山水，而是让自然山水去化你，与“天地精神相往来”。既不要见山是山，见水是水；也不要见山不是山，见水不是水；而是要见山只是山，见水只是水。用一座山的心情去画山，用一脉水的心情去画水。

350 《周易》之象、理、数：象者，静态之思维也；理者，动态之思维也；数者，变态之思维也。

351 起、承、转、合：起，高起、平起皆可，可起于宏观，亦可起于微观；承，承在意义联上承下；转，转在妙处横生；合，合于义理通达。

352 《周易》之索：简易者，出入以度也；变易者，与时俱进也；不易者，主义行德也。

353 夫若唯其成心而咸是，为何其囊无所欲之？窘败，非致人惨败之核因。致人惨败之核因为：执罼错误之成心，并为是其始终。

354 人生之成功，在于能够随时改正自己错误的想法。

355 彼此交往，双赢才是最好的结果。

356 对性情中人来说，再豪华的场面也洗不掉纯朴的情感！

357 人无规矩，愈聪愈殆！

358 当看字书至无字，不泥文字伺外义。

359 爱情是缘分，不是设计来的。

360 临摹，乃学古人之雅趣、气节，而非一味仿其形似。

361 好画何处在？天趣上心头。

362 写生，是将动态思维方式下的自然景观，以静态思维方式符号复式组合到画面中去。

363 无论学做什么，只要明白了主客关系，即达上乘。此乃世间大哲理！

364 中国画写生之理法，是以感性笔墨成象物理之法，而非坐在大自然中闭门造车。

365 《周易》的本质：洞察变势，防患于未然。

366 人心虽然看不见摸不着，却可以感应到。能让你感到可靠、安稳、可依托的力量，就属于你要的心。

367 人们皆知好习惯为好习惯，却不知“好习惯”不如“没习惯”。然“没习惯”不等于“胡乱来”，而是一切顺其自然。

368 做人不要自顾陶醉在自己的情绪里，而忽略了别人的感受。

369 即便是你信任的人欺骗了你，也绝对不要欺骗信任你的人。

370 能把心里话说给你听的人，是最信任你的人。

371 强大自己，不去讨好别人；笑对人生，不去逃避现实！

372 世故生烦恼，简单生快乐。

373 悲观之人，心藏真情。

374 风雨过后，方可鲜艳夺目！

375 人与人之间的相互信任，不是靠发誓建立起来的。

376 莫怕忧伤，智慧就在伤痛处！

377 苏轼《墨君堂记》中云："群居不倚，独立不惧。"人生如戏，君子风骨若竹，能以此修身立德者，必成大器。

378 鲁迅在《题三义塔》中说："度尽劫波兄弟在，相逢一笑泯恩仇。"即使你最好的兄弟伤害了你，你也不要记恨他，可能他正处在生活的无奈之下，理解他或帮助他是对他最好的劝说！

379 没有什么事是轻而易举的，若能轻而易举，很少有完美的。

380 生活正常于无常中，人生不会按照我们选择的方向走，对待别人可以尽警策之言，但不要控制别人的生活，因为即便是你自己，也无法控制好自己的生活。

381 通过一个人打发时间的方式，就可以判断他是否能成功！

382 静心修德，莫让自己的心役于妄想。

383／写生取舍

写生最忌全景平，
云雾断章取其精。
主客关系为体用，
用笔平留圆重行。

384／诗格

清影布石澈明了，
深不可测隐大道。
不执格律依义性，
示境探赜能思晓。

385／中国画写生创作要略

大道在于无墨处，
笔墨方寸有规矩。
画生无形成有形，
要问主客起妙悟！

谁主？谁客？
谁浓？谁淡？

谁动？谁静？
谁湿？谁干？

谁正？谁负？
谁简？谁繁？

谁虚？谁实？
谁冷？谁暖？

谁疏？谁密？

谁长？谁短？

谁粗？谁细？
谁快？谁慢？

大疑大悟！
小疑小悟！
不疑不悟！

形韵，色韵，
笔韵，墨韵。

韵韵有律，
互应有序，
和谐统一。

没有标准而标准，
看似无序而有序。
画面经营无圭臬，
变化无穷有来去。

写生创作无定法，
理法法理在自取。
心生画来画生心。
心造识变成画语。

386/艺学泰山

南坡阳光北坡雪，
你是你来我是我。
得意耻辱任它去，
泰山如是任其说。

387/中国山水画构图基本

黄金定格立山峦，
再布云雾空大线。
前后错位生空间，
纵横斜弯写谷川。

388/山水画位置之经营

先意纸上排数号，
曲水转云有依靠。
峰峦岭岫好安排，
鸟瞰图式有理道。

389/中国画之笔

纵横斜弯四条线，
湿润干枯有浓淡。
长短快慢有曲直，
粗细强弱有提按。

390/山水写生之要领

入笔先开浓和枯，

点线面中置密疏。
再以淡墨分主客，
动静简繁区正负。
草树宜浓不宜淡，
土石宜淡不宜浓。
草树宜实不宜虚，
土石宜虚不宜实。
草树宜湿不宜枯，
土石宜枯不宜湿。
树叶喜浓亦喜湿，
枝干喜淡亦喜枯。
若能体悟此要点，
可解笔墨于心间。

填词运心

1／少年游·梨花夜色

碧纱笼素，香风有信，香惹梦魂中。无痕月影，疑冬剪雪，雪色映天空。举杯望月，玉容暗香，醉酒润轻红。风香春软在梨花，素美在天宫。

2／天仙子·忆当初

溪涧泉边一木径，漫步临泉戏水影。漪涟动影引心思，观此景，如梦醒，往事多年明似镜。共挽相倚行此径，云破月来花弄影。仰头闭目忆当初，心不静，情未定，心越时空思入境。

3／水调歌头·春之感悟

红杏压墙上，杨柳展眉梢。桃红三尺膏润，风暖使香飘。一岸花香气爽，鸭绿一湾水碧，波绿荡浮藻。蝶舞花丛里，景色这边俏。红心玉，翠英绽，春雨浇。暖逼花脸生艳，岁岁有今朝。花有重开之日，人不青春再生，悟道你能逍。花里见真悟，唯有智才高。

4／忆仙姿·中秋月

曾客古都幽梦，静夜深眠清宁。试问惊梦人，缘哪粉红如凤？秋月，秋月，邀显佳人之影！

5／卜算子·今生缘

同世共生来，才有今双遇。时在平生常相随，几度风和雨。对坐不言行，倾诉幽声句。此刻清雅俩事无，心中闻私语。

6／菩萨蛮·元夕

夜空旷然年如此，烟花庆响原无事。两相认知声，各居有自庭。月一轮共赏，情两边难忘。不就当桌餐，同处一片天。

7／醉妆词·月露知音

夜间有，亮天走，只为常常厮守。亮天走，夜间有，不在朝朝酒。

8／一剪梅·中秋对月

把酒抬头望夜空，月也杯中，念也杯中。今宵秋意不一统，想也殊众，念也殊众。

9／望江南·雨

云中落，一线碧珠连。不问方圆泽万物，艳红青绿润山川。低处生甘泉。江河聚，东去载舟船。随岸曲流行大道，千峰迎送万鋆帆。上善美名传。

10／临江仙·秋雨

空冷窗纱一夜雨，凉生枕玉催寒。曙光翠壁绕云帘，小楼天未晓，茅舍梦幽甜。碧点敲竹生乐韵，珍珠腾起波澜。红尘不问观心清，梦虽成六趣，觉后无大千。

11／点绛唇·新春幽梦

一夜幽眠，醒来不了真还假？宁回原梦，继续私私话。

依然如初，论道谈诗画。轻吟下，长情同化，水木生安雅。

12 / 蝶恋花 · 梨花带雨

带雨梨花枝满露，清闪横斜，轻雨含妆雾。暖日不谙花雨慕，光开幽恋如嫉妒。

园中而今径漫步，花雨无言，心念生兹处。再问百年梨老树，那卿是否曾来顾？

13 / 蝶恋花 · 孟春忆

寒遣北江梅艳瘦，气变东郊，园中桃花嗅。春风无心逐粉友，徐徐不语言分守。

昨夜风和皓肌走，月动游尘，远眺轻清透。新野曲径寻昔旧，忆思那日双双酒。

14 / 临江仙 · 海棠

梦中花蕊迎日丽，有时淡粉雨仙。雨疑锦烂带春阴，香飞阁上爽，定慧院池观。

西府嘉种千点赤，南湖芳艳半岚。清泉无语和余心，池塘生觉静，风雨过晴天。

15 / 临江仙 · 解语

粉黛佳丽千万朵，倾心投意唯卿。轻斟浅饮享清烹。行云流水处，执手把韵听。

沐浴雅心识叠逸，长情托付同行。不求花艳味香朋。死生情契阔，与子说成评。

16／鹊桥仙·雨疏云微

雨疏云微，夜凉风静，迢迢牵牛按户。皎皎织女念思情，耿耿心，昭昭倾互。

银湾一抹，白练千重，岁会鹊桥相赴。两心长情若初见，莫再语，秋扇弃负。

17／长相思·中秋月

月华谙，秋色甜，甜到心里多喜欢。把酒遥凭栏。

分不偏，半凉天，天边与谁共婵娟？执手游广寒。

18／忆江南·梨花

梨花好，冷艳靓妆扬。带泪送春春不老，一枝带雨雨清香。无限好风光。

19／蝶恋花·师徒

雨香秋里人相聚，不约而同，初见拜相许。时光不熄师徒语，常留等闲成佳句。

百年修得同船渡，秋天硕果，不曾忘春雨。一句问候有来去，虚怀能容彻大悟！

20／蝶恋花·闲对影杯划绿叶

闲对影杯划绿叶。橘色清香，思念逐飞雪。星耀无心陪落月，行云走日和祥鹊。

开点手机倾心悦。辞藻清华，啬细言真切。当共佳人书彩页，天长地久生章乐。

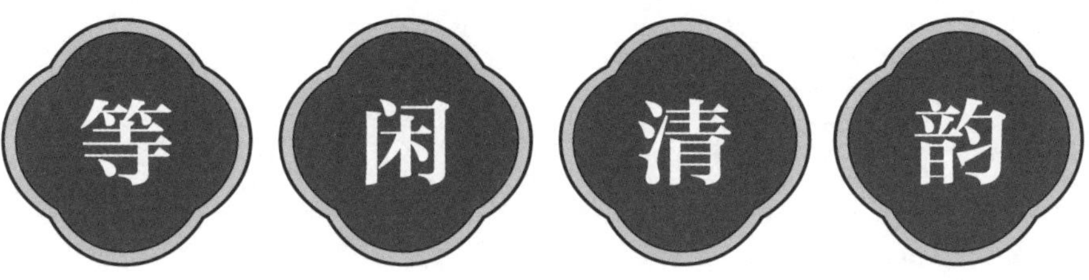
等
闲
清
韵

1 / 雨中登泰山

与其在风雨中，
等待晴天，
不如马上出发，
去寻找太阳。

2 / 彻梦

一种隔世陌生的熟悉，
在梦里呈现，
风雨无常。
有了栖身的床，
何处将心安放，
尘世辗转的情缘。
怀旧不是，
回忆过去的灿烂；
而是不想，
安于当下的局面。
清风明月，
江南水岸，
比不上窗檐下的，
一场雨梦甜。
阴差阳错，
啼笑皆非的擦肩，
载于书页里，
流传千年。

有缘人解读谜语，
梦想与真实，
不再委曲求全。
情感是心中的结，
百绕万缠，
无法躲避的时候，
释放是最好的留恋。
流水转瞬人生，
不断地删改情节，
才能把未来预言。
不需灿烂的烟花，
只要永恒高雅的淡然。

3／风雨过后

风雨再急，
终要回归宁静。
桃花盛红，
在于春风未暖杨柳时，
瞬间凋零。
浮花绚丽随流水，
不问浓淡逐波去。
一溪春秋，
两岸徐风为谁起？
吹来刮去，
多了那片伤心地。

小窗明月，
为伊哼唱一首歌，
莫再去那，
曾经的伤心河。

4／命运

走过，才知道什么是对错；
爱过，才明白什么是苦乐。
富人有穷的困惑，
穷人有富的快乐。
生命，是一条福慧双修的河，
清静，若佛，
烦恼，如波。
你微笑对所有，
所有微笑对你。

5／秋荷

秋风，
送来清凉，
也带来忧伤。
荷塘边的夜色，
没有蛐蛐轻声歌唱。
你还好吗？
是否被霜露打坏了衣裳？
“……”
盛夏，你映日临风，

和月融光；
深秋，你屈身沉水，
留下不愿分对的鸳鸯。
你不与清秋对话，
却用无言的大道，
抒写出污泥而不染的篇章。
你不问红尘颜值，
放下原本的芬芳。
回去准备翠扇红衣，
继续来年盛夏的道场。
你普度众生的心愿，
不恋四季如春的苏杭。
你洒满四海芳香，
善行于山高水长。
秋荷，秋荷，在水一方，
秋隐修行，
盛夏绽放。

6／顺其自然

时间不会为谁停下，
不分昼夜地前跨。
思念不会为谁走开，
无论咫尺天涯。
月亮不因夜行人才明照，
大江东去也带不走它。

天亮不因钟鼓鸣响，
那是太阳每天的升华。
春日又见杨柳绿，
秋风吹黄了山菊花，
夏日凉风冬日雪，
闲来红泥小炉煮红茶。
荣华常伴三更梦，
富贵身边起风沙。
劝君修为早归心，
儒释道里有清静的家。
生来死往何处去？
早上的晨曦，
暮色的晚霞。

7／闻雨

烟雨轻柔，
朦胧弥漫素碧纱。
拂笼扁舟渡一方神秘，
吟一偈唐风宋雨。
倾两下千年云水痴念，
掠过流年春风又起。
心游旷野不问路，
吸一口新鲜空气，
道两声春意唱词，
泥土芳香嫩绿清甜。

一丝丝，一点点，
不知不觉中，
季节改变了流年。

8／夜悟

窗外虚假的白昼，
热闹的场面，
透明的窗户，
似乎隔断了一切外界。
室内伸手不见五指，
内与外的静动，
体悟了“知白守黑”，
处暗见明而不起心动念。
光，一切的光，
服务着每一个次第等级。
无公无私的光，
透着白昼里的黑暗，
黑暗里的白昼。
成识的人为，
利用了光，偏执了光。
我向往那普照众生的佛光，
厌恶那灯红酒绿的虚假。
愿天下人修自我，
立于正能量之光。

9／宁静在风雨里

风雨中，我找到了宁静；
乌云上，我觅到了蓝天。
眼中沧海少，
身上白云多。
红尘里，浮生若梦，
多少往事随风飘散。
瞬间的狂风，
须臾的骤雨，
短暂的人生。
一念心，
留下了多少难忘的回忆。

10／雨后彩虹

不要问彩虹能坚持多久，
莫忘了七彩的灿烂；
不要问色调深浅，
阳光始终是有早晚。
树影带来了清凉，
黎明送走了黑暗。

红尘滚起了浮躁，
时光送来了清闲。
嗅一腔清爽的花气，
眺几眼秋高的蔚蓝。

秋风拂落了霜叶，
缤纷飞舞在高天。

鸟语蛐声幽鸣林间，
茅庐的琴声穿越千年。
雨露滴嗟着心语，
留下了多少倾情的真言。
树下石板上的棋盘，
下不完英雄输赢的波澜。

轻柔贴心的表面，
能否一生一世地陪伴？
离不开阳光的花儿，
枯倒在高墙圈护的围栏。
谁在静静地等候，
那阳光下清冷的凄婉。

扯一缕彩虹的光霞，
遮挡那害羞的委婉；
泡一杯淡香的清茶，
道两声前世的眷恋；
蘸一笔皎洁的月光，
写几行蓦然回首于阑珊。

岁月无奈地交错，
留下了多少，
独登高楼的心酸。

心造识变的梦想，
编进了文人的字里行间。
一卷素雅的文字，
读老了多少芳华流年。

11／梨花带雨

今岁之春的梨园，
少了些冬余的寒凉。
和风，
像微波一样——掠过，
唤醒了沉睡的梦花。
寻觅曾经的回忆，
来到了这香雪海里，
暖阳下雪唱着歌。
微风从树根处拐过，
卷起几粒尘沙，
扬起几片花瓣，
相互拍打，
跟随而去。
时间的画布，
留下了多少美好的回忆！
那些游园的人，
自顾举头，
看树上的花儿，
却没有留意自己的脚下，

微风拂平了留在沙土上的脚印。
须臾间的一切，
都停留在了回忆里。
管园的大叔已近耄耋，
记得第一次来的时候，
他还是那么年轻！
他常幽默地说：
“这里是年轻人爱情的宝地。”
我不知道，
这里留下过多少，
恋人的甜言蜜语，
只知道让我难忘的是：
那曾经的悄悄话。

12／长青情

是谁进入了我盗梦的空间，
占据了我的最爱与思念；
是谁骊山华清言宵半，
海誓山盟一世缘；
是谁清秋寒夜空对月，
比翼连枝倾心愿。
一年年，一天天，
两心相倾不常面，
每每相对如初见。
莫道夏去弃秋扇，

不信一见钟情意，
只在长情启永远。

13／问梦

不要问先有了鸡，
还是先有了蛋。
梦就是这样，
本来有无自然。
来了个鸡会生蛋，
来了个蛋会生鸡。

不要问生从何处来，
死往何处去。
梦就是这样，
本来来去自然。
来是去的开始，
去是来的始起。

一切唯心造，
万法唯识变。
现实本是梦，
梦本是实现。
梦中还有梦，
盗梦真实间。
醒了皆是梦，
大梦谁先觉？

14／心月

不要问谁对谁错，
参一个不经意的话头。
你言谁，谁言我？
拨两下觉性心弦。
真水无香，真香不甜。
多少销魂痴情，
执着在分别妄念。
舍弃欲望贪婪，
清净本真的心莲。
红尘中同船相遇，
不知何曾千载百年。
双手合十，虔诚相面，
守住各自清闲。
落花流水红得心酸，
本来无事，风情万种，
莫怨东风无情缘。
不二法门的修行，
遣走最后一丝眷恋。
满船空载月明归，
不惧夜深水凉寒。
红尘中曾经的热恋，
如云若烟，任由长空飘散。
煮一壶明前清茗，

阅两卷净心经典。
品味岁月，舍弃杂繁，
觅一香游荡的伽南青烟。
回味曾经的空间时间，
穿越多维，触碰千年界面。
天下相如的夜晚，
青灯下，不落两边地修炼。
彻悟人生真谛，
如净琉璃，宝月含。

15／桃花

“你还好吗？”
“……”
她那粉红的脸，
更红了！

16／守诺

夜漫漫，我静静等，
你走来的轻盈；
风萧萧，我徐徐听，
叶落下的幽声。
千呼万唤为你等，等那——
风中的承诺，雨中的倾情。

17／黎明街悟

满街的探头，

窥视着万物大千。
天下虽有私密的空闲，
却无不公开的路线。
无论你走到哪里，
都有清晰的足迹可见。
虽有寂静无人的河岸，
却无不多事的鱼儿游出水面。
无论你的私语多轻，
多事的鱼儿都能听见。
虽有静悄悄的黎明，
却无不起幽梦的睡眠。
无论睡得早晚，
各自幽梦一帘。
睡吧，再睡一会儿吧，
量子纠缠盗梦空间，
庞大的电脑计算，
还有什么不能再显？
电脑界的大亨对天下父母说：
今后的岁月里，
尽量让孩子们多学点艺术，
因为只有艺术，
是不可同样再生的心田。
即使再完美的计算，
也无法与其对言。
庆幸吧，庆幸吧！

未来的艺术家们，
你们拥有了人生幸福的一环。

18／借心

我在出发，你在梦里。
灯光，装饰了黎明的城市；
美梦，启程了我的旅行。
身边有你，
再远的路，也感觉太近了；
再长的时间，也感觉太短了。
身边没你，
再近的路，也感觉太远了；
再短的时间，也感觉太长了。
无奈，只能让你的心飞翔，
借我一程，
一起随我看远方。

19／好夏雨

夏雨，
总是那么知时。
点滴润泽万物。
送来，
高秋的清爽。

20／知己

是你，撼动了我，

情感的定海神针，
让我沉静已久的心海，
荡起涟漪轻波。
及岸击起千层浪，
不惧风雨高歌合唱。
你以白练的承载，
清澈的韵调，
五色七彩的玄华，
向世人展示，
春夏秋冬的去来。
你春立百花，争艳群芳；
夏处清凉，惠风和畅；
秋染缤纷，硕果满仓；
冬生清宁，相如赋尚。
我为你倾心，振臂挥毫。
顿生万境，得意分享。
学术，娴熟严谨；
情感，信达雅真；
笔墨，心手共唱。
故，仰首高呼：
我爱你，中国画！

21／思念

就怕天色黑下来，
因为宁静的夜晚，

会增加孤独的思念；
也盼天色黑下来，
因为宁静的夜晚，
能与思念在梦中相见。
相见于粉色素笼的春，
漫步在山花烂漫；
相见于翠绿清凉的夏，
合伞在亭榭幽然；
相见于七彩缤纷的秋，
共坐在梨园沙滩；
相见于相如丽赋的冬，
依偎在携手并肩。
梦醒时分，
喜欢晴空中思念，
能思来白天的幸福，
夜晚入梦的安眠。
几日不见，如隔三秋，
成了自言自语的呢喃。
回来吧，回来吧！
不要再为生活奔波得太远。
几天的时间看似很短，
岂不知对痴情的人来说，
思念却长在无限！
试问天下人“情”为何物？
唯思念！

22 / 长江长

两情之事，
不要对着月亮起誓，
因为月亮有阴晴圆缺；
不要对花儿倾诉，
因为花儿有开有落。
有此地方是脚不能到达的，
只有心可以超越。
有的人相处时间再长，
也不一定了解，
有的人却一见如故。
能成知己的，
一开始都不是奔着得到去的。
无论怎样，
一切想说的，
请对长江喊吧！
因为那里源远流长。

23 / 候机室

人生在世，
有的东西可以候来，
有的东西
却永远也等不到。
然而，
人们却总愿意为梦想去等候，

并享受着等候的过程。
大铁鸟，
能带人们遨游长空，
但当你飞上万米高空，
亲近清净蔚蓝，仙人境界，
鸟瞰天下之时，
洁白若雪的浮云，
却遮住了你的眼睛，
让你无法遥望人间的美景。
此时，留下的只是，
清静的失落、高逸的孤独、虚幻的神秘。
虽然如此，这一切的一切，
却并没能驱散日夜等候的人们，
为了生活，为了梦想，
也为了那份神秘的向往。
候机室内，日夜穿梭着熙攘的人群，
大铁鸟也总是，起落，起落，
不停地起落着……

24／爱的童话

得到，常伴着失去；
失去，送来了拥有。
爱你的，幸福了你，
却容易轻易地放弃；
你爱的，痛苦了你，

却死守着不愿离去。
爱情是一部忧伤的童话，
让多少人哭笑不得，
编着无数的花样借口。

25／茶

一壶清韵，
松涛和弦碧翠，
浓香淡雅。
情缘美妙倾四海，
别样洞天觅禅音。
润心田，
悟人生，
东西南北和心声。

26／晨露滴悟

清晨一滴花露，
瞬间真谛彻悟。
见你是真，不见你是幻。
即使相处隔壁，
也如万水千山。
一切唯心造，万法唯识变。
返璞本我，重生涅槃。
一片清净送你，
烦恼舍弃一边。
回归本来，行于自然。

绿水青山，幽谷溪边；
小桥流水，亭榭峰峦；
曲径通幽，执手并肩；
花间清影，叶下足迹；
眠里如真，醒来是梦。
每期待，多一分梦中相会，
只为了减一丝
醒来的伤感。
嗟乎！何必？浮生若梦。
“人生若只如初见”，
此语本来也是幻。

27／花间语

暖阳下淡蒸的田气，
美艳了你靓丽的倩影；
紫幽衬托的金色，
映照着你别样的高华。
杼柚触目之花海，
绽放着千万朵笑脸。
众里千百度地寻觅，
找到了赏心的两三。
当下不忍直折，
又恐空折无花。
何当共解花间语，
轻话当年赏花时。

忆往昔成说了，
多少无言的故事。

28／解花语

依然是那片田野，
今年的春，碧纱素笼着金色。
阑珊处幽玄的梦，
美妙而不老的回忆，方恍方惚。
无言的花儿，你能告诉他吗？
我——是谁？

29／今生缘

多少个来世，寻寻觅觅，
你我擦肩而过。
我是谁？谁是你？
我你他，他我你。
寻经百劫，守候等待，
偶然相遇，而必然今生。
空无中，缘起性空，
善缘恶缘，无缘不合。
随缘时，梵心静若止水；
逆缘时，色心烦似波浪。
班婕妤，杨贵妃，
爱情故事传至今。
即使这样，亦挡不住，

故人风中的承诺，
雨中的亲吻。

30／莫问是非

是谁让谁有心伤？
问在不该再问上！
本来同性的心房，
念起各自生幻场。
当下寄托在远方，
放飞着理想中的梦想。
看似正常的时光，
演奏着无常下的乐章。
台上台下的迷茫，
戏中表演求吉祥。
爱恨责怪伴说谎，
最怕真情的眼光。
女人事业在外妆，
男人帅的是业隆昌。
谁是谁非的轻狂，
真相里隐藏着虚假象。
未明空高展飞翔，
不知未来起远航。
世上代有才人彰，
逝水东流逐长江。
人生路上的荒唐，

常伴着名利上的繁忙。
莫问是非离真相，
修为中修得是真善良！

31／清雅生活

旦暮风云，
谁不曾把别人错误想过？
恰似季节的风，
无常于正常的因果。
莫看表象，
谁没有风中痛苦的诉说？
什么沉鱼落雁？
什么羞花闭月？
美丽的故事，
正常于无常的生活。
今天的一切，是明天的传说。
蓝天下多少远眺，
是望尽天涯的寄托。
夜空中，多少仰望，
看暗了星辰，睹瘦了明月。
多情的人儿，听我劝说，
不要让庸人的成心，
影响了生活的笔墨。

32／守清

邂逅一次花开，

回眸岁次几十载，
顿悟情怀。
几度春秋风雨来，
花浪燕舞弄风骚，
一帘烟雨轮回。
微妙无言，
不需虚假再装扮，
执一世红尘之恋，
定格在清静中，
相守万年。

33／桃源盗梦

亭榭动烟雨，
临水生清幽。
相思不尽，
唯愿卿心似我心。
莫让桃花倾泪，
一枝幽梦双飞蝶，
桃花源里桃花情。
留香胜铅华，
存真弃虚假。
静水又起涟漪波，
不再相思付东流。

34／惜缘

茫茫人海中，
相遇就是缘。

浅在，眼神交汇后的擦肩；
深在，长久的相知相伴。
无缘咫尺若天边，
有缘千里共婵娟。
爱你的，让你温暖；
伤你的，给了你成长的心酸。
路过，丰富了你的生命；
遇到，留下了故事章篇。
天地磁场中的相见，
是前世无数劫来的缘。
岂不知这今世的相遇，
其实比中彩票还难！
偶然的遇见，
不知开始在哪一眼？
无奈的分别，
却留下了那难忘的一面！
都说有情人终成眷属，
现实中却是那么地虚幻！

35／心笺

素彩心语，
流年。
等闲入梦里，
奇妙无比。
一份清雅，

淡彩生回忆，
落花流水红，
悄无声息。
蒲公英飘散的田野，
来岁又是一片花海。
芳华弹指一瞬间，
明年再去陌上等你。

36／心中圣泉

望不穿往事如烟，
多少尘世的纠缠羁绊。
一夜东风起，
化情越千年。
回头望，
相思红尘无痕，
谁抓住了岁月。
有时选择离开，
也许是最好的祝愿。
真心对待，
不是自私地死守。
百转千回放不下，
那不过是，
前世留下的缘。
风雨激起白昼，
沉淀了宁静的夜晚。

朝来去春里呐喊，
不再留意，
残雪的冬天。
不辞万里地寻觅，
只为了一瓢，
青海湖的圣泉。

37／远秋

撷清风弄明月，楼台遥望。
彩云姿动碧水，镜花摇曳。
一别几度，相期渐远，
如此相忘于红尘世间。
琴声绕云花凋恨天，
月光从花间流逝，
不再双手捧着淡淡的微蓝。
思绪翻飞——
等候让真情从心中游走，
冲淡了浓浓的伤感。
扁舟在此搁浅，定格了时间。
弹一首高山流水，
剪辑一段相逢与分别的片段，
回荡于空灵中。
倾一声深深珍重，
诉一语风过流年，假如，
就此错过，不要忘了，

寄藏于曾经的岁月间……

38 / 觅昔

溪边独自徜徉，
只为那曾经的芳香。
岁月涤除了往迹，
却留下了美好的幻象。
春暖的花丛中，
有你梦甜的笑样；
夏风的树荫里，
有你轻纱飘移的清凉；
秋高的田野上，
有你英姿的飒爽；
冬日的瑞雪赋，
有你清雅的高尚；
望及的天际处，
有我无尽的念想。

39 / 诗梦画卷

看花事烟雨，
阅人生历卷。
淡绿粉红的季节，
抵不过秋霜冬寒的辗转。
远望轻粉漫天，
近观绿托花开正艳。

似水流年的轮回，
风雨浸泡了心事，
发酵疲惫于桑田。
逐渐老去的人们，
谁又能青春永驻？
安详于岁月静雅的高远。
多少千山万水的相遇，
别离在云淡风轻的绿岸。
长亭柳笛，
秋水歌吟，
世事若云烟。
多少倾城一笑，
定格在尘埃落定前。
不尽天涯无归期，
何年共当一窗明月倾情愿。
清音淡雅弄疏影，
萧瑟东篱唱思念。
花开花落风无痕，
凭栏静夜私语倾耳边。
寂寞锁清秋，
凉风动心寒。
诗梦穿越千年廊，
携清风细雨，
画卷里浏览岁月大千。

40／岁月如歌

一帘烟雨，
两窗秋风。
心灵效应百般，
相遇芬芳，
激起了心底层层波澜。
走在四季的风景里，
年华惊艳了时光，
催老了岁月流年。
牵挂的心寒，
常带着思念的温暖。
洗净铅华，
伊人花影月容，
羞颜不再把心扉遮掩。
若风如水，
红尘解锁了尘封的书页，
轻笑展开了动心的美言，
季节晕染了眉梢，
了却在时光的瞬间。
惜而不放，
弃而不留，
秋水披风雾朦胧，
阑珊觅卿见影闲。
别忘了，

再好的东西，
都会有失去的一天。
一株桂花洒清香，
陌上共当青花伞。

41／秋冬

落叶缤纷，
旋起了风的轻舞；
疏密疾徐，带走
了深秋最后的一点温暖；
枝干遒劲，
摇曳着拂空的须条，
鸣奏着秋冬的和弦。
窗外萧瑟的风，
诉说着冬的性情，
送来了晶洁的雪花。
初冬的太阳，
似乎高冷了一些，
早就没有了盛夏的热情火辣，
严肃地告诉人们：
天凉了，
多穿衣服！

42／寂静中的思考

彩虹总在风雨后，
乌云过了是晴天。

遥望天边的朝霞，
诉说曾经相遇的圆满。
谁开启了你的世界？
让你避开黑白，
增添了色彩的迷幻。
不要丢掉迷人的单纯，
简单是最珍贵的心田。
孤独可以高傲，
寂寞更能清闲。
生命中曾有过的灿烂，
都需要用寂寞去偿还。
鸟儿不担心树枝的脆弱，
因为它相信自己的翅膀，
可以轻松地翱翔蓝天！
那些曾经的辉煌，
无非过往云烟。
莫问曾经的寂寞，
走向灿烂的明天。

43／彩虹总在风雨后

展开思维，
放下眼前，
去梦想未来。
天下，
没有不息的飓风；

没有不停的暴雨。
担心与闭塞，
终归会离我们远去。
风雨过后，
陌上碧托着粉红，
弥漫着清新的芳香。
停滞日久的脚步，
走出家门，
拂游在微风里。
眼前的景色，
不同以往；
耳边的鸟语，
更是别样。
暂停键后的一切，
清新得如梦如幻！

44／画话画梦

不经意的改变，
多了些方向。
有梦想时这样，
没有梦想也是这样。
忙碌的画者，
找到了走向成功的练兵场。
名山大川的风光，
成了求真的课堂。

外师造化的艰苦，
增添了心源的蜜糖。
运气，遇上了喜欢；
大山，长上了翅膀。
正午不客气的太阳，
反射着晃眼的光。
抬头遥望模糊了的远方，
千古流芳的不只是爱情，
画家的作品把回忆收藏。
碧潭中的鱼儿，
若空游在无依的彼处。
画家手中的画笔，
落下了一念别样的景象。

45／拼图生活

生活就像拼图，
总有适合你的边角。
繁中觅简地寻找，
只为了那，
紧密的和好。

46／醒梦

请你不要躲到梦里，
现实也是梦的生活。
醒来不要忘了，
梦中你曾经的诉说。

海边你对大海呐喊，
我是你唯一的心船；
疏林你对小鸟歌唱，
我是你心画的笔墨。
你不喜欢阳光下的白眼狼，
喜欢窗外微风细雨，
雅室读书品茶把日子过。
天下不缺肤如凝脂的美女，
缺的是高华素雅的杰作。

47／梦醒时分

红尘里的浅色光年，
清醒中点化了谁的明天？
没有伤害，留下来的都是爱恋。
心中藏下了多少故事？
最后都还给了岁月沧田。
世间亲历的美景，
若梦一般真实圆满。
缘生缘灭的轮回，
走过了多少流年空间。
本来因果的命运，
等来了百劫里那份情缘。
山花烂漫中，清澈相遇。
走在红尘陌上，携手并肩。
流水一梦，不曾刻意将谁记起。

弱水三千，仅取那一瓢随遇而安。
热闹的舞台演来演去，
无非浓淡苦甜的茶一盏。
注定的命运册，
不容任何人删改重填。
湛然的光阴里，
难得糊涂中的清淡！

48／桑梓

在这里长大，
小时的许多回忆：
春天的野花，
夏天的知了，
秋天的柿子，
冬天的雪人，
最让人难忘的是，
村东边蜿蜒的小清河，
流走了多少儿时故事。
戏鱼、游泳、滑冰……
鸟儿在歌唱，
鱼儿在追游，
还有那多事的喜鹊，
窥探着疏林中的童话。

49／相互的远方

喜欢，再廉价也高贵；

不喜欢，再高贵也廉价。
一条红手绳，
也能系住一份真情，
关键在彼此，
是否有相互的远方。

50／柔弱生之途

把别人当傻子，
自己就是小丑。
生活要真情，
示弱是强大的开始。
一杯茶，一支烟，
递过去的是一份未来。

51／爱的穿越

人在车上心飞翔，
向天涯行远方。
多少迷茫几多体谅，
不问红尘那多事，
一份挂念起心房。
轻纱拂绸为谁穿新装?
莫须问，不思量，
徐徐的风儿知其详。
真情需懂得，
不要一味地忍让。
花开时节不为谁，

梨花带雨倾泪淌。
为了不伤秋希望，
车加油，心飞翔，
爱在幸福穿越的路上。

52／晚霞

你，带给我幸福，
留下我幽幻；
你，揉碎我素朴，
复杂我简单。
浓墨重彩泼洒斑斓，
粉饰，久常的情感；
催生，无尽的思念。
一天天，一年年，
冬去春来契阔成篇。
曾经，勤劳的蜜蜂，
偷听私语在疏林花间；
多事的鱼儿，
窥记倩影在青青河岸。
空中飞鸿俯瞰，
曲径散步，执手并肩。
多少次霞光成像，
蜜蜂，倾诉柔情别恋；
鱼儿，解读心语清甜；
夜晚，通达了私密的真言。

53／归真

满山野花笑容自然，
舍弃人工雕饰，
远离粉彩装扮。
立身何处几人知安，
愚昧之人念念有词，
粉饰着自身光环。
八万四千法门，
向众生敞开门。
返璞归真才是真，
远离颠倒梦想，
究竟涅槃。

54／多维说

我在光年里登山，
你在夸克里游玩。
现实中，没有来去的时间；
意识里，不过刹那的一点。
多维的时空，
阻隔了相互的对面；
幽玄的梦里，
却能时常相见。
人生虚幻着真假的两面，
平行宇宙轮回着大一周变，
生灭着无尽的大千。

55/念佛

念佛，非妄言的空喊，
是遣除一切杂念的身心清净。
极乐，不在遥远的西方，
就在当下的眼前。
直指人心，见性成佛，
不需回头，即是彼岸。

56/画笔

我曾一度想放弃，
后悔遇上了你。
因为，
你时常给平静的生活带来忧伤。
每逢此时，
总会更加爱你。
因为，
是你赋予了我童年的天真，
给予了我儿时的梦想。
素朴之单色，造型自然；
缤纷之七彩，呈现万象。
每当作品入选国展，
常能拿到自誉为“奥斯卡”的大奖。
更甚之时，情不自禁，
高举奖杯大喊：

是你给了我美丽的新装，
还有那文化的背景墙。
故，我爱你——画笔！
智慧，贯于顶上；
美丽，心手共唱。
无论幸福还是忧伤，
是你描绘了饶益的生活，
成就了人生辉煌。

57／解疏

有时候敬畏之心，
阻断了相互了解，
留下了苦涩的依恋。
何必这样紧张？
若能大方地走近，
人与人之间，
并非那么疏远。

58／望月

思念，逐：
弯月变圆，
圆月变弯；
弯了又圆，圆了又弯；
弯弯圆圆，圆圆弯弯……
不知多少轮换。
天公与美，

相会在一个宁静的夜晚。
其实，月亮不留任何因果，
一切成说的故事，
皆是今世前缘。

59／真情

不为物质纽带，
只在一份情感。
不求非想柔情，
只要清淡丽婉的绵远，
缘分在，相见恨晚。
一份，荡起的浪漫；
一份，牵挂的思念。
悠悠真心，是无声真言。
酸起来，无奈；
甜起来，味甘；
苦起来，流泪；
辣起来，红眼。
一生默默地等候，
即是永恒的誓言。
没有移情别恋，
不会扰乱生活。
白天守候，夜晚安眠。
工作奋起激情，
眠里多了梦甜。

牵挂，才下眉头；
思念，又上心间。
世人起了个名字——真情，
常游走在情感的边缘。
说不清，道得明，
传世的故事百千万。

60／短暂的远方

分别看似短暂，
等待却是漫长。
远方有你的追求，
这里有我的道场。
跟随你的，
是我心灵护佑；
留给我的，
是两相清雅的心语。

61／平行的列车

平行迎面的列车，
瞬间错过。
人生若何？
即使长达百年，
也无非短暂的好和。
交臂非故，白驹过隙，
有多少你和我。
风雨里的漂泊，泥泞中的跋涉。

不用引吭高歌，向别人诉说。
旅途的自卑，
成就了多少自信的生活。
谁在牵挂我，谁在伴我？
也许，生来就喜欢这远旅天际的辽阔。
一句“到了吗”，
释怀了，远方的困惑；
倾心了，思念的诉说。

62／心的飞动

飞动的轨迹，
没有言语的对话，
心灵倾诉着理想的远方。
没有标准的目标，
只有顺应的缘故。
车窗外的风告诉我，
所有移动，
都是心识的变度。
一切成功，
皆在顺应行旅的门户。
因为，正常于无常的人生，
是负熵于增熵的补助。
知识，食物，
天上的阳光，
地上的万物，

人间的美食，
是生命秩序的宝库。
问天地：为什么这样？
答案是：不断地追求，
才是善行于人生的无所住。

63／海月

徐徐的风轻拂着静静的港湾，
月印海面轻闪光波和声海浪，
小木船涤荡着两个人的世界，
一副分线耳机双连着相依共享。
场外的一切无问东西，
对望中多少倾心的诉说，
都留在了海浪的波闪上。

64／人在旅途

风雨中前行，
拉近了远方的天际，
远离了刚刚的经过。
人生在世，
留下了什么？
恰似飞鸿踏雪。
阳光萌发了种子，
却把痕迹融化淹没。
一切虚幻的梦想，
是人生前行不止的辽阔。

不要问为什么，
旅途中的侠客，
一切皆是大梦中的穿梭。

65／梦醒时分

醒来的第一念，
问：是否与你梦中相见？
模糊的回忆，
找不到清晰的画面。
恍惚，刚触碰到你指尖，
瞬间，又远离在天边。
多少梦圆，在夜里蔓延。
你的笑容，
浇灌在我的心田。
风中，暖色外衣的遮拦，
留下抹不去的思恋；
雨里，蜡染的青花伞，
印下美好的心念。
约会的岸边，
风——
吹不乱你的秀发，
雨——
打不湿你的容颜。
只有那，不愿分开的泪水，
哭花了，

你美丽无奈的脸。
不要这样——我的笔杆，
我心正与君相似，
只待倾墨写山川。

66／客海之晨

从朦胧到清晰，
格子窗告诉我，
曈昽将至。
海风卷起浪花，
波波相随，
轻轻地拍打着岸边。
起床了，懒眠的人儿，
请你告诉我昨夜的美梦。
喔，还是算了吧，
让我来猜一下：
云绵之上，
你腾云驾雾，遨游无边。
多维时空，
你往来古今，
找到了量子纠缠的同伴。
更甚的是，
你觅到了生从何处来，
死往何处去的答案。
在有时间的空间里，

你随意穿越，
似乎触碰到了，
宇宙的本原。

67/海秋

蔚蓝的天空，
一股淡淡的清香，
送来了秋的凉爽。
海浪，轻盈飘逸的歌，
留下了清闲，
撵走了苦烦。
凉亭徐来的风，
轻拂着静坐的延客，
涤除了旅途的劳累。
此时，我心与海浪同唱，
与海风共舞。

68/许与画

不经意的眼神，
刹那间回到了原点。
再回首，已不是当初，
伊人憔悴唯独钟。
只因，人海中多看了一眼，
噢，你在这里。
月光下的朦胧，
一种表白，念不念都在。

寂寞中的艳遇，
满身风雨而赴约。
遇到你，余生皆是你，
爱上了一个认真的消遣，
开始于你，终老于你。
望天涯海角，
彼岸是一生的追求。
一切靠自己，
不辜负自己。
忘掉岁月不说再见，
记忆，是相会的形式，
创作，是心境的再显。
有时，无奈地放手，
只是短暂的断片。
无论道岸多远，
不离不弃我的——笔杆。

69／粉莲带露

每次看你，
你都会望向别处，
羞涩微笑着低下头，
轻摇着翠润的身姿，
仿佛徐风拂过。
这个地点，
这个时候，

这样熟悉，
你为什么还这么紧张?
不，也许是我误会了。
其实，你是在窥视风向，
等待机会。
因为，每次你抛洒的粉露，
在碧波涟漪下，
都会引来无数争抢的鱼儿。

70／初见之原点

伸手专抓虚无的空间，
触碰了有情的心念。
是时间过得太快，
还是步伐走得太慢?
小时候听老人言，
画得多美，就有多少美好来到身边。
从那时开始，喜欢上花开的笑脸，
直到长大，对此耿耿于怀。
对吗?
是否误解了老人的真言。
人生半百恍然大悟，
美，不在外表的华丽，
在于动人心魄的画外诗篇。

71／盆栽花

你虽然没有经历风雨的吹打，

却能在阳光照射的室内生根开花；
你虽然没有山野的火辣，
却有雅室清静的高华；
你虽然没有国界也没有言语，
却有无声于一切的表达。
夜晚，你用清香将我轻轻拍打；
清晨，你的粉彩同和了朝霞。
每当我内心茕时，
你总是对我倾诉着悄悄话。
四季如春般的温和，
胜过了景迈山的普洱茶，
来，品一杯我的娇娃。
书房里有你的清静，
画室里有你的芬芳，
岁月里有你的陪伴，
无言中不要说话。
你是我生活中的歌，
我心爱的盆栽花！

72／仲秋时节

早秋，天气清爽，
东方托蓝映红，
轻飘着几朵霞彩，
徜徉着红橙紫黄。
暖调的同类色里，

融合了一抹冷艳。
黄花雨中，水墨云烟，
清香弥漫而暮云不散。
霜叶的红色熏染着碧水，
装饰了倒影的峰岚。
暑退生凉，水长天远，
伫倚徐风远眺凭栏。

73／无言的夜

寂静的夜里，
她哭花了脸，
静静地坐着。
呆呆的眼神，
凝视着，
没有目标的远方。
回想，
那风中的承诺，
雨中的青花伞，
还有那清冷里，
相拥的温暖。
不要海誓山盟，
今夜你在哪里？
无论怎样都不要忘了，
痴情等你的人。

74／深秋之晨

凉风，用寒梦把夏眠叫醒；
秋歌，用清韵涤除了烦闷的邀请；
珠帘，轻摇着身姿奏着和弦与凉风共舞。
没有唱词的旋律，
空耳了秋的风韵，
倾诉着凉的心声。
此时，空调没有了往日的欢快，
闭上了清凉的嘴巴，
像是被定格的北极熊，
待雪伫宁。
画室里，毛笔触蘸着浓墨淡彩，
快慢有秩，轻重有序，
运练抒写着秋的心境。

75／夜路

夜色下的高速路，
车灯追逐着远方。
急切地约定，
迅速地出发，
今夜还要往返。
多年的兄弟，
奔赴相约的要谈。
一个人夜行，
没有预约的陪伴，

车内歌声照亮了，
前行的夜晚。
忙碌了一天，
需要驿站，
不把夜行的孤独，
埋怨。
其实有时候，
孤独，
也是一种爱的奉献。

76／忆当年

静夜安雅，
秋凉心空。
三十年前老楼台，
弹指一挥烟雨中。
忆当年，
青春瞳昽，
初客楼台惊眼界，
恰似仙人立苍穹。
今岁知天命，
往事已朦胧。
本想重客楼台启回忆，
却已楼台移迁立新宫。
原名未改，
气象恢宏。

青山绿水好景色，
火树银花不夜红。
三十年，须臾间，
楼台烟雨本相同，
今日看来平常事，
过后回忆有独钟。

77／心河

窗外，秋雨夹杂着风，
万窍怒吼——凑奏着和弦的歌。
本来秩序的曲调，突然变得杂乱寒瑟。
驿站，清静安逸，
牵起了一分思念的忐忑。
奢侈的T恤衫，
只剩下了华丽的名牌，
却无法将寒冷挡遮。
幸好昨夜的一句问候，
继续着心身的温和！
人生在世，幸福若何？
不是华丽的穿戴，
不在美味的吃喝。
只在那真情的七彩河，
相如了心灵的颜色。

78／当父母老了

当父母老了，

不在于有多少钱，
关键在于：
常有儿女陪伴身边。
当父母老了，
不但要吃好穿暖，
关键还要：
知心话儿常伴耳边。

不要忘了，
父母对我们的养育。
父母的今天，
就是我们的明天！

想一想：
当我们老了，
如同父母的今天，
该怎么办？

想一想：
已老去的父母，
离生命的终点，
还有多远？

哭了！哭了！！
哽咽！哽咽！！
什么都不要辩解，
只求常回家看看！

当父母的今天，
变成一个明天，
一切后悔，
都已太晚！太晚!!

回去吧！回去吧!!
常回父母身边看看！

放下自私，
博爱心田。
不为了别的，
只为了后悔不留心间！

79／忆桑梓

碧纱笼素，
柳絮飞丫。
桑梓故里，
有九旬老妈。
忆往昔，
多少儿时童话。
夏天的树荫，
春天的红花。
山中的草木，
鸟虫的喧哗。
曲岸绿水，
跃鱼跳虾。
秋天硕果，

迎来冬雪飞霞。
人生一世，
多少回忆留下！

80／黎明启程之感悟

思考在深夜，
启程在黎明。
黎明，是理想的帆；
黎明，是成功的船；
黎明，是航行的季风；
黎明，是动力的加油站。
有人在出发，
有人在盗梦的空间。
灯光，装饰了黎明的城市；
黎明，启程了理想的航船。
美梦，只能浮想联翩；
启程，方能登上彼岸。
梦醒时分，
勤奋，站在高峰，
远眺晨练的闲玩；
懒惰，漫步山下，
沉迷秀腿花拳。
醒醒吧！晨曦中的练家。
不要睢盱，
有人已站在了成功的山巅！

81/油菜花

轻蓝素笼下的一片中黄，
漫动着金色的影子。
薄雾，虚幻的衬托，
调清了近焦的花瓣。
小蜜蜂，自由的脚步，
带走了梦般的香甜。

82/唯画

画，
并不是为了什么，
只为了一个目标！
生活舍弃了很多，
却跨越了难以跨越。
六趣，生在梦中；
七彩，产在觉后。
唯有此心耿耿丹青，
努力吧！努力吧！
不管结果如何，
毕竟我们画过。
美好的画面，
留给人们无数的快乐！

83/飞鸟忽点窗外枝

看似短暂的瞬间，

却是千百万劫修来的缘。
曾经相遇的维度，
无数——更改之变。
你来自哪里?
又飞向何方?
我——不再多问，
记忆里，
留下了这擦肩而过的一面。

84/梅与盐

一眼望去，
津润，
忘渴……
清淡里，
多了一分，
清香……

85/江湖

多少浪漫故事的结尾，
有着滑稽的开头。
挚友或冤家的今生，
是前世因果的等候。
正常困惑的内心，
波澜于无常的邂逅。
孟夏，赖人的暖阳，
用瘦花肥叶的影子，

遮挡着闲者无忧。
阳光，拂动的斑斓，
送走了春的艳愁。
没有风雨的人生，
留不下后世的议论。
两个人清静于世界，
三个人复杂于心钩。
走进人群的烦恼，
没有了知己倾心的清幽。
庸俗攀比的浊心，
堕落了单纯的风流。

86／待春

花开的声音，
打开了，
熟悉的陌生。
久违了，
暖人的春。

87／荷性

清冷里的艳丽，
是夏荷留给初冬的一份秋意。
曾经暖阳里，
倒悬朱笔空写大道真言；
月色下，
和风细雨相互摇曳轻语参悟！

你们和谐的天性，
不用世人去评说，
秋霜后依然相互执手簇拥，
用事实表白了佛性的自己。

88／手机的思索

虚幻掌中的大千世界，
上下纵横，往古来今。
打开，有；
关闭，无。
打开，非有；
关闭，非无。
打开，非非有；
关闭，非非无。
打开，若涌起的浪；
关闭，若平静的海。
打开，若烦恼；
关闭，若涅槃。

89／雪原

黑色点线，纵横斜弯不规则，
在光里错综了白的简洁。

90／黑色构成

黑色，不是平涂的单一，
它是红黄蓝重叠的交融。

极简，并没有失去控制，
终结了滥情的作风。
层层底色铺陈着微妙肌理，
平静的方式将暗流涌起，
策动心魂于言外之意。

91／溪山茅庐

篱笆簇拥着，
明月幽光把山林轻疏。
小桥流水不知谁动了最初，
溪岸野花也说不清楚，
多事的鱼儿跃出水面，
告诉仁者是心动了最初。
平静不是孤独，
红尘喧嚣让人无助。

篱笆簇拥着，
红泥小炉煮泉烹茶。
瓶中插几束芦花，
忆柳叶春芽说一宿，
闲话桑麻说糊涂。
不要羡慕他人生活，
谁有钱，谁幸福？
看谁能幽山曲径得闲步。
身后有余莫多图，
眼前有路便是人生好前途。

92／心雨

一份暗香，
打湿平静的客梦。
依旧是那把，
庄雅的花雨伞，
浓遮着私语，
相依着嘘寒问暖。
微风从树梢上掠过，
落下轻粉花瓣，
让季节的残红，
去逐流随波。
花枝两忘风中的摇曳，
却遣不走世间的纷说。
何当共处等闲时，
倾心相悦多少岁。
陌上一季花香，
留下一世难忘。

93／心船

世间百年无非一瞬，
镜花水月莫问来去。
一缕烟云拂过，
无意一瞥惊鸿回眸。
触碰在阑珊须臾，
涤荡了平静心海。

禁锢时空不要苍老，
留下刹那的芳华一笑。
不知何处的无声思念，
敲响了花瓣竹露，
止息了荷风清爽，
遣走了寂寥孤独，
让漂泊的心船靠了岸。

94／海草房

海，
草房，
当下看，
百年沧桑。
曾经的日子，
今日历史篇章，
没有华丽的辞藻，
却有动人心歌在唱。
汹涌澎湃倾诉着往事，
历经过多少风雨的动荡。

95／你问我答

问：到底谁能真正走进你心里？
答：心在何处？

问：当情感和责任发生矛盾的时候，
你会选择什么？

答：会做出榜样！

　　与其欠着情债不安心，

　　不如心安理得守住底线。

问：为什么你没有仇人？

答：天下平等，

　　都是兄弟姐妹。

问：为什么你不憎恨那些因嫉妒而诋毁你的人？

答：是他们让我更加努力前进。

问：为什么你收那么多徒弟？

答：我没有徒弟，

　　他们皆是我的良师益友。

　　“师父”只是为方便共同修行，

　　而相互称呼的法门。

问：你已有名气，

　　为什么还这么努力？

答：人不可空手立于天地之间，

　　当青春不再，还有故事说我和你。

96／海

海，

蓝。

浪有意，

和心境。
没有红尘酒，
盈蓝得常醒。
今日看似等闲事，
将来回忆是故情。

97／插花瓶

无私的衬托，
没有分别的包容，
自由了清香。

98／雪恋

冬，
一日，
一片雪，
一串脚印，
一把花折伞，
一个人的背影，
一线无尽的远方，
一曲难以忘怀的歌。

99／男人的情怀

有时候，
男人的情怀，
都放在酒或茶里。

100/相思无奈

一次次把相思撵走，
一次次相思又回来！
一次次相思带来相思苦，
一次次情愿相思带来相思苦！

101/梨花念

快一年没有见到你了，
虽然不是永远的别离，
却有一种说不出的空虚！
冬天幽禁了你，
却幽禁不了我思念你的心绪。
我喜欢冬雪的洁白，
更喜欢你那春花洁白的香雪海！

102/缘分

缘分这东西，
靠缘分。
什么时候能来？
是缘分。

103/茶缘

冬雪之后，
又见新芽。
青山绿水润泽，

炒青、沤堆后的甘甜，
清香了有缘人的气息。
谁是专门等你的人？
谁能品出你的孤独，
品出你的苦涩，
品出你历经的风雨？
有时候有了你，
心里便充满了温暖。

104／保温杯

不离不弃，
听从安排。
来得及时，
从来没有让温暖迟到。

105／茶壶

满腹清香，
回甘四方，
从来不从嘴上争宠。

106／等待

有时候，等待是一种希望；
有时候，等待是一种幸福；
有时候，等待是一种无奈；
有时候，等待是一种痛苦；
有时候，等待是一种诉说；

有时候，等待是一纸没有希望的契约；
有时候，等待……
然而，无论怎样，
却总有人愿意为此而等待下去！

107/艺爱

当爱的齿轮，
碾碎了情的恋豆，
就会散发出浓郁的贞香。
缘分到了，
就像花开，
就像落雨，
那么自然而然。
我喜欢借着画笔去回忆。

108/心灯

我愿做黑夜中的一盏明灯，
照亮你前行的路；
我愿做寒冬里的一笼篝火，
温暖你的身心；
我愿做烈日下的一汪清泉，
滋润你的心田；
我愿做一张柔软的纸巾，
擦干你忧伤的眼泪。
孤独时，我来到你身边；
绝望时，我带给你希望！